LA LISTA DE MATRIMONIO

Jean C. Joachim

Novela Sensual
Moonlight Books

Moonlight Books

Buena suerte!
Jean C. Joachim

LA LISTA DE MATRIMONIA

Publicado por Moonlight Books
Diseño de portada: Jean C. Joachim
Editado por Katherine Tate
Formateado por Dingbat Publishing
Traducción: Marta Maurel

Dedicatoria

A mi tía, Nan Edelston Cohen a quien le hubiera encantado este libro si estuviera en vida y lo hubiera leído

Capítulo Primero

La envidia ardía en el pecho de Grey mientras atravesaba la puerta del Blondie´s, el bar de deportes situado en la West 79th Street. Sus tres mejores amigos lo tenían todo, buenos trabajos y espléndidas esposas, mientras que él a sus 30 años, seguía trabajando día y noche, ahorrando cada céntimo y dormía sólo casi todas las noches.... Esta vez se enfrentaba al reto de escucharles presumir sin dejar que la sonrisa desapareciera de su cara.

En el bar empezaba a haber ruido debido a que tres televisores emitían partidos de béisbol y las risas escandalosas. Grey se preguntaba cuándo le tocaría ser feliz a él. Se sentó en una mesa y bebió un trago antes de que llegaran sus amigos, pasando su mano descuidada por su arenoso cabello.

Sus ojos color avellana recorrieron el local en busca de alguna posible candidata. Había un par de ellas, en el bar, que hablaban entre sí, parecían bastante picantes. Más tarde, trató de tomar un poco la iniciativa. Una lo miró, inspeccionándole su cuerpo lentamente y a tenor de su amplia sonrisa indicó la aprobación de lo que estaba viendo. Su pelo rubio y amplio pecho entorpecían su mirada hacia la puerta por la que Will estaba entrando, seguido de Spence.

Grey levantó la mano a sus amigos a modo de saludo a la vez que estos avanzaban en dirección a su mesa. Era su tertulia trimestral la cual constaba de cena y un par de cervezas. Aunque ya habían pasado ocho años desde que salieron de la universidad, cuando se encontraban sentían la misma fraternidad que en los viejos tiempos. En la universidad eran prácticamente inseparables, se autodenominaban los 'Cuatro Jinetes'. Cuando Bobby llegó hizo un gesto a la camarera para que sirviera otra jarra de cerveza.

Después de haber pedido lo que querían cenar, los 'Jinetes' se acomodaron en sus sillas. Grey abrió la conversación.

"Decidme, ¿cómo os trata el matrimonio, chicos?"

"¿Estás pensando en dar el do de pecho, Grey?", preguntó Bobby.

"¡Eso si que sería una noticia!", exclamó Will antes de tomar un trago de cerveza.

"Sí, sí, Grey Andrews, cansado ya de atornillar a distintas mujeres cada noche,"fija fecha", dijo Spence, haciendo comillas en el aire con las manos.

"Voy a brindar por esto", dijo Will, levantando su jarra simulando un brindis.

"¡No vas a brindar por nada!" dijo Bobby elevando la voz.

"Cuéntanos, ¿quién es ella?", preguntó Spence, entrecerrando los ojos y mirando a Grey.

"Nadie. No hay nadie," dijo Grey mientras notó que, de repente, el cuello de su camisa le apretaba. Se desabrochó el botón y respiró hondo.

"Claro claro.... No estás obligado a contárnoslo, ya nos enteraremos por nuestra cuenta", dijo Will.

"Venga, chicos, estoy hablando en serio," continuó Grey.

"Así que has dejado de trabajar sesenta horas a la semana y de dormir con lo que uno encuentra en un bar?", preguntó Bobby.

"Quizás"

"Vas a echar a tu compañero de piso y en su lugar vas a meter a presión a una esposa en ese mini lugar en el que vives?" preguntó Will.

"Lo estoy valorando."

"¿Así que ya tienes las alforjas suficientemente llenas, dispones de suficiente efectivo y estás listo dar el paso?. Grey, te organizas como una mujer," murmuró Spence entredientes mientras los otros dos se reían con él.

"Por lo que veo, para vosotros, el matrimonio no es ese maravilloso estado, ¿eh?. ¿Es eso lo que estoy escuchando? ", preguntó Grey sonriendo.

Grey, era el único que estaba soltero, quería saber cómo les estaba yendo la vida matrimonial a sus amigos. A pesar de que no estaba enamorado ni siquiera salía con una mujer exclusivamente, se estaba planteando dar el paso ... se decía a sí mismo que ya era hora de empezar a buscar a la Sra. Correcta. Spence tenía razón, Grey era un planificador.

Will tomó un trago de su cerveza antes de girarse hacía Grey.

"¿Vas a tener tiempo libre para casarte con esa locura de trabajo que tienes?"

En los últimos ocho años Grey había trabajado una media de sesenta horas semanales con el objetivo de lograr el éxito; trabajaba en una empresa dedicada a las inversiones que lo mantuvo ocupado viendo el dinero de sus clientes y el suyo propio. Vivía austeramente, invitaba a la chicas a salir en las fechas más económicas, compartía un apartamento, todo esto con el ánimo de ahorrar en pro de la libertad y el matrimonio, de la forma que él quería.

"¿Sigues siendo el rey de la fecha barata, Grey?" le preguntó Spence terminando su cerveza.

¿Y qué importaba tenía habilidad para el arte de las citas baratas?: picnics en Central Park, conciertos gratuitos, excursiones al Zoológico del Bronx aprovechando los días de entrada gratuita, largos paseos. A las mujeres con las que quedaba no les importaba que las citas con él eran fueran distintas en lugar de costosas. Grey cortejó a sus mujeres con la mínima cantidad de dólares posible, ahorraba cada céntimo y esto fue dando sus frutos, veía crecer su dinero y multiplicarse rápidamente.

"Sigo siendo cuidadoso con mi dinero, Spence. ¿Por cierto, cómo te va el matrimonio,? ", preguntó Grey mientras se acomodaba de nuevo en su silla.

Grey estaba en misión, recopilaba datos e información para diseñar su plan de felicidad conyugal. Después de dos jarras, las lenguas empezaron a aflojarse.

"Mi esposa es un incordio con su decorador y su cocinera. Como el salón es de color blanco, me tiene prohibido entrar con zapatos allí. No puedo poner mis pies sobre la mesa del salón. ¡Y no hablemos de la comida!. Raciones diminutas, ensaladas. A mi que me den un buen pastel de carne cada día, estoy comiendo como los conejos," se quejaba Will mientras volvía a llenar su vaso.

La mesa se quedó en silencio por un momento

"Bobby, ¿cómo es la vida con esa señora atractiva con la que te casaste?" preguntó Spence con ojos brillantes, ya fuera por deseo o por envidia, Grey era incapaz de descifrarlo.

"¡Mira, Spence!. Tiene unas buenas tetas ... "

"Hombre, debe estar caliente," continuó Spence.

"¡Te dije que miraras!" Bobby hizo el ademán de levantarse de su silla pero Grey le puso una mano en su brazo para detenerlo.

"¿Qué te pasa, Spence, no conseguiste ninguna?" bromeó Bobby.

"Susan es una gran conversadora. Le encanta charlar. Es muy inteligente. Intelectual, dentro y fuera de la cama. Pero yo la acción que quiero en la cama no implica charla ", dijo Spence, mirando el fondo de su cerveza.

"Me encantaría que Tiffany hablara un poco más. Dice que las cosas de abogado son aburridas. Y yo le digo 'sí, esas cosas de abogado son las que pagan tu vestuario, cariño", pero ella no lo entiende", dijo Bobby, mientras llamaba a la camarera para pedir otra jarra.

Grey no oyó nada inesperado. Se armó de valor para escuchar el suficiente fanfarroneo que le provocara una gran nausea de estómago, pero no se materializó. En cambio, sus amigos continuaron quejándose de sus esposas, de todo lo que carecían las que aparentemente parecían esposas perfectas y lo que los 'Jinetes' echaban de menos. La frustración de sus amigos le mató el gusto por las mujeres del bar y al descubrir su insatisfacción Grey llegó a preguntarse si realmente la vida de casado sería, después de todo, una buena opción para él.

* * * *

La siguiente noche fue a cenar con su hermana, Jenna. Ella era dos años más joven que Grey y estaba comprometida. Jenna se formó en la escuela secundaria. El objetivo de su viaje a la ciudad de Nueva York era adquirir un vestido de novia, así como departir con su hermano favorito. Grey llevó a Jenna a un bonito restaurante francés. Después de un productivo día en el mercado de valores, quería invitar a su hermana pequeña a una cena excelente. Grey pidió un Martini mientras que Jenna prefirió un Chardonnay. Miró la estancia, observó las paredes de color chocolate con adornos crema, manteles del mismo tono y los platos rosas y blancos y tomó un sorbo de su copa de vino.

"¿Te estás planteando ... eh ... casarte?" le preguntó.

"¡Genial! Bill tiene todo lo que siempre desee que un hombre tuviera," susurró Jenna.

"¿Es un buen oyente?", dijo Grey mientras abría la carta del menú.

Ella asintió.

"¿Un buen proveedor?"

"Tiene un buen sueldo como asesor corporativo de una entidad bancaria." Jenna miró la lista de especiales que se hallaban en una hoja aparte.

"Y ... ¿en la cama ...?", preguntó Grey, dejando de mirarla a su cara y volviendo a la carta mientras se avergonzaba de sí mismo.

"¡Grey! Lo que hacemos en privado... no es asunto tuyo ...¡de veras!"

"Lo sé, pero ¿sois ... eh, compatibles?" Grey levantó un poco más la carta para ocultar su rubor.

"¿Qué quieres decir?" Ella bajó su carta y miró fijamente a su hermano.

"Sabes a lo que me refiero, Jenna. Deja de jugar conmigo," insistió Grey, dejando caer la carta del menú.

"Si pudieras dejar de hacer preguntas tan personales ..."

"Compatibles ... como si ambos quisierais lo mismo todo el rato, bueno, la mayor parte del tiempo."

"¡Grey!. No puedo creer que me estés preguntado esto." Jenna miró hacia la izquierda y derecha para comprobar si alguien desde alguna mesa contigua a la suya les estaba escuchando mirándola fijamente. Se sintió aliviada al comprobar que los otros clientes estaban absortos en sus propias conversaciones, sin prestar atención a su incomodidad.

"¿Estás?" . El dejó la carta del menú, mientras disfrutaba por haber violentado a su hermana.

"No te voy a contestar. ¿Por qué me haces estas preguntas tan personales?. No soy como tú ", dijo Jenna, mientras sus mejillas se ruborizaban.

"Tuvimos la reunión de los 'Cuatro Jinetes' hace un par de noches."

"¿Todavía tienes contacto con ellos?"

"Claro, siguen siendo mis mejores amigos."

La camarera apareció y pidieron la cena. Grey pidió vino para acompañar al ágape y miró a la camarera. Jenna le lanzó una mirada asesina y él le devolvió una sonrisa tímidamente.

"¿Y?.¿Tu cena con los 'Jinetes'? ", le pinchó a la vez que tomaba su vaso de agua y bebia.

"Hablaban de sus mujeres ... de hecho se quejaban, cada uno de cosas diferentes y he estado pensando. No me gustaría cambiarme por ninguno de ellos. Yo pensaba que lo tenían todo ... grandes puestos de trabajo, mujeres maravillosas", se aclaró la garganta," pero ya no estoy tan seguro de que sea así.

"¿Tu no quieres caer en la misma trampa?"

"Cada uno tenía una queja distinta, a cada uno de ellos les molestan cosas completamente distintas de sus esposas. Tres cosas importantes." Grey se miró las manos.

"Una de ellas era el s-e-x-o?" Jenna arqueó una ceja.

"Spence", añadió con una sonrisa irónica, "No está satisfecho. No me gustaría tener que rogarle a mi esposa que durmiera conmigo." Grey cogió su vaso de agua, bebió mientras miraba a su hermana.

La camarera regresó con el vino, hizo sonar el corcho y llenó sus vasos. Jenna esperó hasta que la camarera estuviera lo suficiente lejos del alcance del oído para proseguir la sensible conversación.

"¿Es por eso que me estás haciendo todas estas preguntas personales?". De repente, la comprensión iluminó su rostro.

"Necesitaba saber si es lo normal...después de estar juntos por un tiempo... mendigar?"

"¿Se quejaron Bobby y Will de lo mismo?"

Grey sacudió la cabeza.

"Probablemente no sea así con todo el mundo." Jenna tomó un sorbo de vino y sonrió aprobando.

"Traducción: tú y Bill sois compatibles sexualmente. ¿No le haces mendigar?"

"Sólo si se ha portado mal", se rió.

"¡Jenna!. En serio." Tosió, por un segundo tuvo la sensación que se ahogaba.

"¿Cómo podría?. Es ridículo. ¿Ya que estás pensando en casarte, por lo menos tienes alguna candidata? "

"Todavía no, pero la tendré. Lo tengo programado. Las cosas me van bien por ahora y pronto voy a estar en condiciones de pensar en tener una nueva vida, una con espacio para una mujer normal."

"¿Una mujer normal? No me gustaría que fuera con una mujer anormal," dijo riéndose.

"¡Jenna!. Sabes a lo que me refiero."

"El soltero de la familia Andrews está pensando en dejar de serlo. Eso si que es una noticia ".

"No es una broma", se quejó, mientras llenaba las copas de vino.

"Lo siento, Grey. Sé que no lo es. Sólo Dios sabe que el tiempo pasa... en serio, me alegro de oírlo ".

La camarera llegó con los platos.

"Necesito ayuda, alguna orientación", dijo Grey antes de poner un bocado de lenguado à la meunière en su boca.

"Vamos a comenzar con mi forma de resolver casi todos los problemas en mi vida ... con una lista", dijo ella, buscando una pluma en su bolso.

"No estoy por las listas ... es cosa de chicas."

"¿Quieres mi ayuda ó no?". Ella sacó un pequeño bloc de su bolso.

Él asintió con la cabeza¿ y luego hizo un gesto con la mano para que continuara.

"Bueno. Tres chicos. Tres maridos frustrados. Tres esposas deficientes. ¿El primero?", preguntó ella cortando un pedazo de pollo cordon bleu.

"Bobby se quejaba de que su hermosa esposa, sexy-como-el infierno no le hace caso. Ella pensó que su trabajo legal era aburrido. Quiero ser capaz de hablar con mi esposa sobre cualquier negocio en el que esté involucrado, tanto si tiene tetas grandes como si no", dijo, rompiendo en una sonrisa.

Jenna lo miró severamente.

"Primer punto, debe ser inteligente. Capaz de hablar y escuchar ", dijo Jenna mientras escribía," ¿lo siguiente?.

"Will dijo que su esposa se gasta todo el dinero en decoradores y cocineros y sin embargo, no tiene una casa en la que se sienta cómodo. El chico se tiene que ir a la habitación más pequeña de su inmensa casa, porque Vicky ha decidido decorar la casa entera en blanco y se ensucia ... o algo así ".

"Estoy traduciendo un problema de Will en un deseo ... para tu lista de deseos."

"No es una lista de *deseos*. Este es una lista de *imprescindibles*", dijo Grey, tomando una considerable porción de lenguado en su tenedor.

"Muy bien, ¿cómo traducir el dilema de Will en una calidad que tu quieres?" Jenna tuvo la oportunidad de comer un poco de su cena.

"Mmmm. No es fácil."

"¿Una ama de casa?"

"Algo así. No estoy en busca de Betty Crocker ... alguien que pueda llevar una casa, supongo ... y sea capaz de crear un agradable y cómodo hogar para mí, ya que soy bastante estúpido en eso. Y que pueda cocinar. No quiero contratar a un decorador o un cocinero. ¿Eso tiene sentido? ", se preguntó.

"Una mujer que puede decorar la casa, que haga de ella un lugar cómodo sin que te deje en la bancarrota y que no lo convierta en un sitio de interés turístico, ¿verdad? y que pueda cocinar decentemente ", dijo Jenna, mientras no dejaba de anotar.

Grey asintió con la cabeza mostrando su acuerdo.

"La tercera cosa ...¿ Spence?" preguntó Jenna.

"Esta es importante. No rogar para poder tener sexo," Grey terminó el último bocado de su plato.

"Sexualmente compatibles, ¿verdad?"

"Más que eso."

"¿Cómo?"

"Tiene que desearlo tanto como yo. No quiero una mujer que gira la cabeza hacia un lado y dice, 'venga, empieza', quiero alguien que esté dispuesta ... para mí ... que quiera ... No puedo hablar de esto contigo, Jenna, ", dijo Grey al tiempo que tomaba su copa de vino para ocultar su rubor.

"Escribe esto último. Estoy poniendo más abajo sexualmente compatibles, sea lo que sea que signifique para ti. Por favor, no me lo expliques. ¿De acuerdo? ", dijo Jenna, arrancando la hoja de papel del bloc.

Él sonrió maliciosamente y asintió con la cabeza en señal de acuerdo.

"Aquí está tu lista. Memorízalo. Cada vez que salgas con una mujer, busca estas tres cosas en ella," le aconsejó Jenna mientras introducía el papel en el bolsillo de su pecho.

"¿Y qué hay de la honestidad?.¿Sentido del humor?. ¿Miradas?." entonces él levantó las cejas.

"Estas son cualidades importantes, sobre todo las dos primeras. Asumo que todas deben de tenerlas para que, por lo menos, haya un segundo encuentro contigo. La lista es para más de dos o tres citas. Úsala cuando consideres que estás pasando mucho tiempo con la misma mujer. Es entonces cuando la lista se activa. Me tengo que ir ", dijo mirando su reloj.

"¿No vas a tomar postre?"

"No si quiero entrar en el vestido de novia talla ocho que me he comprado hoy."

"Gracias, Jenna", dijo, besando a su hermana en la mejilla.

"Puedes pensar que es una tontería, pero las mujeres hacen listas ... todas las mujeres tienen una lista que utilizan con los hombres, una lista como la tuya. Utilízala, Grey. Espero que te ayude a encontrar a la mujer que está buscando ".

"Yo, también lo espero", dijo, dejando caer algunos billetess sobre la mesa y saliendo del restaurante con su hermana.

* * * *

Grey y Jenna guardaron la lista para si mismos. Nunca hablaron de ello ni con amigos ni con familiares y rara vez volvieron a hablar de ello entre sí. Conforme iba pasando el tiempo, Grey se dio cuenta que valoraba la lista cada vez más, parecía que le salvaba de una mala experiencia tras otra. Nunca profundizaba demasiado cuando se acordaba de la lista y encontraba a una mujer que tenía cualquiera de las características. Sentía agradecimiento por la lista que le salvaba de un corazón roto o un matrimonio infeliz.

Ni Jenna ni Grey imaginaron nunca que una lista tan pequeña pudiera eliminar a tantas mujeres. Grey intensificó su búsqueda, pero después de tres años todavía no tenía esposa, ni novia ni siquiera una candidata potencial. Estaba sólo y frustrado, acumulando dinero y sin nadie con quien compartirlo.

Se negó a abandonar la lista que estaba impresa en su cerebro, el pedacito de papel deshechado. Él todavía creía que lo llevaría a su verdadero amor, pero después de buscar lo que él consideraba tiempo suficiente, este hombre paciente se fue finalmente impacientando.

Capítulo Dos

Zona de Madison Avenue, Carrie Tucker caminaba rápidamente por el largo pasillo de la pequeña oficina de Goodhue, Walker and Beane Advertising en dirección al despacho del señor Goodhue. Se desabrochó los dos primeros botones de su blusa, se atusó el pelo rubio con reflejos, hizo una mueca y se abrochó de nuevo el botón más bajo.

Cuando el señor Goodhue te citaba normalmente significaba una de las dos cosas: ascenso o despido. Ella había recibido elogios por su trabajo como redactora junior durante dos años, éstos la condujeron a su ascenso como redactora. Después de dos años más como redactora, ¿sería ascendida a redactora superior o iba a ser despedida?. Su nerviosismo la hacia sudar, sentía humedad en las axilas. Carrie estaba doblando la esquina de un lugar pasada la zona de recepción, se desabrochó de nuevo y siguió caminando.

Mientras se acercaba al despacho, murmuró para sí: "Esto no es un concurso de belleza", y se abrochó de nuevo, justo a tiempo estaba frente a la secretaria del señor Goodhue.

"Buenos días, Wanda", dijo Carrie, mostrando sus ojos azul claro a la joven.

"Hola, Carrie. Te está esperando, entra," la gordita, morena con los ojos azules más grandes que había visto dijo.

Carrie respiró hondo y entró.

"Carrie, siéntate," Nathan Goodhue, con canas en las sienes, vestía un traje gris italiano gris marengo hecho a medida que se le adaptaba perfectamente y le indicó una silla. Llevaba camisa blanca y corbata roja, los colores de la compañía que a menudo se se requería a la alta dirección que los llevaran.

Se sentó y trató, sin éxito, de sonreír.

"¿Va algo mal?", preguntó, mirándola desde sus dos metros, diez centímetros.

Ella sacudió la cabeza, cruzó y descruzó las piernas.

"¿No tendrás miedo de mí, ¿verdad?", le preguntó, tratando de ocultar una sonrisa.

"¿Me va a despedir, Sr. Goodhue?" espetó Carrie.

"No, ¡por Dios!". Se rió sentándose tras su escritorio.

Se inclinó hacia delante, miró a la hermosa joven, tomó un sorbo de café de la taza de porcelana de Limoges de su escritorio y se aclaró la garganta.

"Usted ha realizado un excelente trabajo en GWB. Quiero darle las gracias por haberse dado la oportunidad de demostrar su capacidad ", dijo Goodhue inclinándo hacia atrás en su silla.

A Carrie se le escapó un suspiro de alivio y luego esperó a que continuara.

"Usted ya sabe que aquí la manera más rápida de convertirse en director creativo es traer nuevos proyectos."

Ella asintió.

"Le voy a dar un empujón y la voy a incorporar al equipo de nuevos proyectos."

"¿Al equipo de nuevos proyectos?"

"Además de trabajar en la cuenta de Country Lane Cosméticos, ahora trabajará también con Gus y Joanne en las nuevas oportunidades de negocio."

"Eso es un montón de trabajo extra ,¿no?" Carrie cruzó las piernas.

"Esto implica algunas noches y fines de semana, pero entendí que quería ir por la vía rápida. Quiere ser nuestra primera mujer directora creativa, ¿no?. "Goodhue se sentó mientras cruzaba sus manos en la nuca.

"Bueno, tenía la esperanza ..."

"Esta es la manera de conseguirlo... la única manera. Todos nuestros directores creativos han sido fundamentales en el aporte de piezas importantes para el negocio. Para luego llevarlo a cabo. "

"Es como estar haciendo dos trabajos, a la vez, ¿no?", cogió su taza y la apretó.

"Es más trabajo, pero usted no se puede convertir en directora creativa sin hacer más que los otros. Los directores creativos deben demostrar su resistencia, chispa y talento. ¿Se siente lo suficientemente hambrienta?. Si usted es... si usted lo desea, no tendrá inconveniente por un poco de trabajo extra." Se puso de pie y retornó su copa al aparador.

"Pero entiendo que es mucho más ..."

21

"¿Tiene usted novio que pueda oponerse?". Él volvió la cabeza y le habló por encima de su hombro mientras llenaba de nuevo su taza.

Carrie sacudió la cabeza.

"¿Entonces, cuál es el problema? Conozco otros tres redactores que darían su brazo derecho por esta oportunidad. Usted tiene más talento que ellos. Es por eso que le estoy brindando la oportunidad, primero, Carrie. Tome la pelota y corra." Goodhue volvió a su escritorio, encendió la pantalla del ordenador y abrió su calendario.

La entrevista estaba obviamente finalizada. Carrie se quedó atónita. Se puso de pie, dándose cuenta de que lo que se esperaba de ella era que se marchase. "Gracias, señor Goodhue, por el voto de confianza."

"De nada. Te lo has ganado, querida. Ahora demuéstramelo, ¿de acuerdo?", dijo, levantando la cabeza para dirigirse a ella y volver a la pantalla de nuevo.

Carrie salió de la oficina, con una pequeña sonrisa en su cara para Wanda y continuó por el pasillo. Cuando llegó a su despacho, cerró la puerta y se dejó caer en la silla de su escritorio.

¡Fantástico, más trabajo por el mismo sueldo!. Menudo honor. Ser condecorado por no tener vida social. Aún así, podría convertirme en la primera directora creativa de GWB, algo que he estado esperando los últimos siete años.

Carrie se preguntaba de qué cantidad de trabajo adicional se trataría. Había visto otros redactores quemarse tratando de compaginar su trabajo normal y, al mismo tiempo, la creación de brillantes nuevos lanzamientos de negocio. Muchos abandonaron cuando los lanzamientos no produjeron los grandes ingresos soñados. Ahora ella estaba en el banquillo. Es un honor ser elegido, ¿no es cierto?.

Sus pensamientos fueron interrumpidos cuando una bella, bien vestida y de pelo oscuro mujer se detuvo en la puerta.

"¿Almorzamos?", dijo.

"Hoy tengo una gran noticia", dijo Carrie, sonriendo a Rosie Carrera, la asistente del Gerente de Producción.

"¡Cuenta!", dijo Rosie, entrando en la oficina y cerrando la puerta tras ella.

"El Sr. Goodhue me acaba de pedir mi incorporación al nuevo equipo de negocios." Carrie se reclinó en su silla y apoyó los pies en la papelera.

"Espero que le hayas dicho "no", ¿verdad?" le dijo, hundiéndose en una silla moderna situada frente al escritorio de Carrie.

"No puedes rechazar al Sr. Goodhue. Venga." se enderezó en la silla.

"Él es el dueño. Pero tú no quieres hacerlo, ¿no? "

"Yo quiero ser directora creativa ... y supongo que tengo que pasar por esto."

"¿Pero tu querías escribir?", preguntó Rose, levantando una ceja.

"Esto es escribir."

"Quiero decir más que las cosas de publicidad ... escribir de verdad."

"Esto es realmente escribir", dijo Carrie, recostándose en su silla.

"Quiero decir ... quiero decir ficción."

"Ese es mi verdadero amor, pero no puedo mantenerme de ello y el Príncipe Azul no tiene previsto parar en mi casa a corto plazo, así que soy totalmente dependiente de mi."

Carrie no quería que Rosie supiera que había terminado una novela, un misterio, la había escrito durante las noches y los fines de semana cuando estaba entre los novios.

"Te rindes con demasiada facilidad en el tema hombres."

"¿Tu crees? ¿Queda alguna figura egocéntrica en Nueva York que la que no haya salido todavía? "Carrie se burló, tomando un sorbo de su café y haciendo una mueca cuando se dio cuenta de que hacía frío.

Rosie se echó a reír: "Probablemente no".

"Te quedaste con el último Príncipe Azul pasado de moda, Rosie y el resto de nosotros estamos celosos", dijo Carrie, sonriendo a su amiga.

Rosie se sonrojó. "Sí, Eduardo es mi Príncipe Azul. Pero todavía tengo que trabajar ... sólo por un poco más de tiempo ".

"Entonces podrás irte y tener un bebé", dijo Carrie, desviando su mirada a la ventana.

"Algún día tu también vas a tener ese sueño, Carrie."

"Me alegro de que lo creas. Me he rendido."

"¿Rendirte? Sólo tienes veintinueve ... ¡mierda! " se burló Rosie.

Gus Parker abrió la puerta del despacho de Carrie y asomó la cabeza. "Reunión de nuevos negocios en diez minutos, Carrie ... sala pequeña de conferencias."

Se marchó tan rápido como había llegado.

"Esto en cuanto a la paz y la tranquilidad ... y el almuerzo de hoy", dijo Rosie, levantándose.

"Así comienza", dijo Carrie, levantándose y estirando sus brazos más arriba de su cabeza.

"Disfruta de esta montaña rusa, que tanto querías," dijo Rosie alisándose las arrugas de su falda antes de regresar a su despacho.

"Lo hice, ¿no?", dijo Carrie, rebuscando en su escritorio.

Cuando Rosie se marchó, Carrie sacó un bloc de notas nuevo de debajo de una montaña de papeles y se lo puso bajo el brazo. Hizo girar un bolígrafo entre sus dedos mientras andaba por el pasillo. *Tener la oportunidad que has estado soñando puede ser contraproducente. ¿Y si no soy lo suficientemente buena?* Mordió el extremo del bolígrafo mientras se acercaba a la pequeña sala de conferencias.

Capítulo Tres

Sus palmas estaban sudorosas, su corazón latía rápidamente y su boca se secó. Carrie iba a enfrentarse a la primera presentación a un editor de su libro de misterio y estaba asustada, literalmente cagada de miedo. Entró en la pequeña habitación ubicada al lado de la sala de conferencias donde los escritores y editores se reunían. Un hombre bajito en mangas camisa y lentes de carey mediocres, se sentó detrás del escritorio. *Él debe ser Paul Marcel, editor de prensa de Rocky Cliffs.*

Carrie estiró su falda y se aseguró de que su blusa estuviese levemente desabrochada sin llegar a ser muy reveladora. Tomó su manuscrito y sinopsis y entró, sintiéndose de todo menos confiada. Se sentó frente a él y sonrió.

Él le devolvió la sonrisa y bajó la vista hacia su hoja impresa. "¿Tu eres Carrie Tucker?"

Ella asintió.

"Cuéntame acerca de tu libro," dijo él, sentándose hacia atrás, juntando sus manos detrás de su cabeza, mirándola.

Cuando justo estaba a punto de abrir la boca, un hombre interrumpió entrando en la sala.

"¡Paul!. Espera. Te necesitamos en la sala de conferencias," dijo el hombre.

"Estoy en una presentación, Grey, ¿no puedes esperar?"

"Lo siento, John estará aquí sólo una hora y si quieres ese préstamo…

Paul miró a Carrie y volvió a sonreír.

"Señorita Tucker... Carrie, lo siento pero vamos a tener que reprogramar esta exposición. Tengo una reunión con un inversor y no puedo posponerla," dijo él, mirando hacia los papeles en su mano, "Tengo su información de contacto aquí. La llamaré para concertar otra cita."

Con eso, Paul empezó a salir de la habitación y el hombre llamado "Grey" siguiéndole. Carrie se levantó y puso una mano en el brazo de Grey.

"¡Eh! ¡Me has arruinado la oportunidad de publicar mi novela!. He estado esperando seis meses para tener la oportunidad de ver a Paul Marcel," le recriminó ella.

Grey se giró. Su mirada fue desde su pelo a sus ojos pasando por su figura, haciéndola sentirse un poco desnuda y cálida al mismo tiempo. Ella le devolvió la mirada valientemente al atractivo hombre de deslumbrante sonrisa e impecable traje gris, notando lo bien que su traje se ajustaba a su cuerpo.

"Démelo a mí," dijo él, tomando el manuscrito, "Me aseguraré de que lo lea."

Antes de que ella pudiera moverse, él le quitó el manuscrito de su mano y salió de la estancia caminando rápidamente. Ella le siguió, intentando hablarle, pero de repente se perdió en la multitud.

¿Qué ha pasado aquí?.¿Dónde está mi manuscrito y quién era ese hombre?. Carrie encontró una taza de café y una silla. Todos corrían, buscando varias ponencias y salas donde se reunirse con representantes, editores y redactores. Ella observó como el bullicio se extinguía a medida que la gente encontraba sus

sitios. Se sentó allí preguntándose que se suponía que debía hacer en ese momento. Su manuscrito había desaparecido y no tenía ningún interés en talleres, conferencias y paneles de comercialización dirigidos a los asistentes. Carrie miró a su reloj, cuatro y media de la tarde, un día entero de vacaciones se había desaprovechado en esa oportunidad. Podría también esperar a ver si Paul Marcel reaparecía.

A las seis en punto, la mayoría de la gente se había ido. Los trabajadores apilaban las sillas y amontonaban las mesas. Autores famosos charlaban entre ellos mientras guardaban sus cosas y caminaban hacia la puerta. Paul Marcel no aparecía. Pero el chico guapo del traje gris que había agarrado su manuscrito entró por el hall central, mirando alrededor. Él la vio y comenzó a acercársele.

"Me alegra que aún estés aquí," dijo él, mirándola directamente a los ojos.

"¿Y?", preguntó ella, tratando de ignorar el estremecimiento que le subía por la espalda.

"Le di tu manuscrito a Paul y prometió que lo leería para mañana."

"¿Por qué debería creerte?" preguntó ella, notando lo anchos que eran sus hombros pero tratando de mantener su mirada en la cara.

"Porque soy el inversor silencioso de su editorial. No me mentiría. Soy Grey Andrews," dijo, ofreciéndole su mano.

"Carrie Tucker," dijo ella, perdiendo su pequeña mano en la cálida, seca carne de su potente mano.

"Carrie, ahora estoy reuniendo información sobre editores de e-books. ¿Estarías interesada en que cenáramos juntos para contarme lo que sabes acerca de la edición de libros electrónicos, desde el punto de vista de un autor?"

Es muy fino, debo admitirlo.

"¿Cómo sabes que quieres hablarme? Puedo ser nueva en este negocio."

"Leí algo sobre tu libro, tu sinopsis y tu biografía. Eres una buena escritora, dudo que seas nueva."

"Una redactora publicitaria, no es lo mismo," lo corrigió, fascinada por la sonrisa irónica en sus perfectos labios.

"Quizás no. Pero el trabajo tuyo que leí... estaba bien escrito. Probablemente logres ser publicada y ser bastante exitosa en esto."

"Entonces, ¿quieres mi opinión?" preguntó ella, impresionada de que él hubiera leído su trabajo.

"Si no te importa. ¿Podría pagar por ello con una buena cena?", preguntó él, acercándose.

"¿Por qué no?", dijo ella, estando de acuerdo, sintiendo como crecía el calor en su cuerpo conforme él se acercaba.

"¿Qué te parece Le Chien D'Or?" preguntó él, mencionando un restaurante francés muy elegante, ubicado en 55 West Street.

* * * *

Ella le sonrió mientras él tomaba su codo y la guiaba hacia afuera del Hotel Hilton, donde había tenido lugar la reunión, dirección al restaurante situado a tan sólo unas calles de allí

Carrie no sabía si estaba decepcionada de que Grey Andrews pasara la cena entera interrogándola intensamente sobre ebooks, ediciones y sus sueños como escritora o no. Ella se sonrojó varias veces bajo su análisis y cuando sus manos se rozaron mientras él intentaba alcanzar la crema, el hormigueo subió completamente por su brazo.

Ella pensó que había química, pero cuando la llevó hacia su casa, no dio ningún paso ni preguntó si podía entrar a tomar café. ¡Ni siquiera le dio un beso de buenas noches!. Era raro salir con un hombre tan atractivo de negocios.

Quizás sea gay.

"Me has sido de mucha ayuda, Carrie. Gracias. Me aseguraré de que Paul lea tu manuscrito y te responda."

Ella asintió y se fue hacia la puerta, perpleja.

Algunas veces ganas, otras pierdes.

Carrie se encogió de hombros y encendió la radio mientras iba al baño a cepillarse los dientes. Comenzó a bailar "Haven't Met You Yet" de Michael Bublé.

Capítulo Cuatro

Al día siguiente en el trabajo, Dennis, su supervisor la llamó a su despacho.

"No he visto mucho de ti últimamente," dijo, apoyándose en su silla.

"Nuevos negocios", dijo, mientras se deslizaba en una silla frente a su enorme escritorio.

"Excelente. Country Lane Cosmetics acababa de entrar en evaluación ".

"¿Qué?". Carrie se inclinó hacia delante, con los ojos como platos.

"El cliente nos está evaluando, junto con otras tres agencias."

"¿Oh, Dios mío, por qué?"

"Hay un nuevo presidente ... que está a favor de otra agencia de publicidad. Se trajo un nuevo director de publicidad. Nosotros le gustamos, pero no tiene poder de decisión. La cuenta está en peligro, Carrie ... y así es tu trabajo ".

"¿Qué quieres decir, mi trabajo?"

"Tú eres la redactora jefe de Country Lane. La mayor parte de tu sueldo proviene de los ingresos que obtenemos de esta cuenta. Si la perdemos, también perdemos el dinero con el que te pagamos. ¿Lo entiendes?"

Carrie se hundió otra vez en su silla y frunció el ceño. *Hace un minuto iba a por el puesto de directora creativa, y al siguiente estoy con los pies ¡casi fuera!.*

"No hagas planes para los dos próximos meses, Carrie," le dijo Dennis.

31

"Pero tengo trabajo que hacer de nuevos negocios también."

"¿Sí?. Si perdemos esta cuenta, no estarás aquí para hacer nuevos negocios. Su nueva empresa te está buscando un trabajo. Si perdemos una cuenta, rodaran cabezas. Y esta vez la tuya se encuentra junto a las nuestras".

"Dime lo que quieres que haga."

"Quiero que estés disponible veinticuatro siete. Dile a nuevos negocios que se vayan a paseo".

"No puedo hacer eso. El Sr. Goodhue me puso en el equipo ".

"Entonces no tienes previsto dormir mucho", dijo y se levantó.

La reunión había terminado. Se levantó y salió de su oficina pensando en que rápidamente su oportunidad de avance podía desvanecerse en el aire. Entonces se preguntó cómo podía trabajar más horas de las que ya hacia. Ya era bastante malo que su trabajo como participante del nuevo equipo de negocios le ocupara un par de noches a la semana y al menos un fin de semana al mes, ahora con esta carga extra, nunca tendría tiempo para escribir ... o al menos hasta la fecha no había tenido. Se quedaría sola.

La preocupación sobre su trabajo ocupaba su mente hasta que llegó a casa y se calentó una cena congelada. Tomó su plato y una copa de vino salió afuera a su pequeña terraza, Carrie se sentó y contempló la enorme ciudad ante ella, pensando en su vida social inexistente. Sabía que los hombres la encontraban atractiva porque hasta ahora no había habido problemas para tener citas, pero ninguno de ellos era el adecuado para ella. Si no eran idiotas, eran inmaduros o egoístas, para continuar con la química que era deficiente. Este hombre, Grey Andrews, apareció, con una química fabulosa y probablemente era gay. No era masculino, tal vez sin trabajo ... se sentía desalentada.

Sonó el teléfono y se las arregló para tomarlo antes de que el contestador saltara. Tomó el inalámbrico y se sentó en la terraza.

"¿Cómo está mi sobrina favorita?", preguntó Delia Tucker.

"Ja, ja, yo soy tu única sobrina, Delia. Esta broma ya es bastante vieja ahora".

"Perdón. Es una costumbre. ¿Cómo van las cosas?. No sé nada de ti desde hace tiempo. Trabajando como loca ó estás ocupada con un nuevo hombre? Espero que sean las dos cosas".

"Ojalá, ojalá. Ningún hombre. Sólo trabajo y probablemente no por mucho tiempo ... "

* * * *

Al otro lado de la ciudad, Grey acompañado de su hermana, Jenna, salían a cenar. Estaba en la Gran Manzana para ir de compras, visitar un museo o dos y asistir al ballet con su hermano. Esta noche, Grey llevaba a Jenna en su Jaguar XK plateado y la condujo hasta el Chinatown para ir a su restaurante chino favorito. Aparcó en una calle lateral de mala gana.

Una vez sentados en la mesa, Jenna abrió conversación.

"Estamos un poco preocupados por ti, Grey", comenzó.

"¿Mmm?" murmuró, sirviendo dos tazas de té humeante y caliente de una tetera.

"Ya no eres tan joven. ¿Cuántos años tienes ahora? ¿Treinta y cuatro? Y sin esposa a la vista, ¿eh?"

"¿Palillos?", preguntó a su hermana, ofreciéndole un par.

"Prefiero tenedor", dijo, haciendo una mueca y apartando los palillos a un lado.

"Jenna, sólo porque tu y Bill estéis felizmente casados, no significa que pueda ser tan sencillo para todo el mundo. He estado buscando, créeme ".

"¿Sigues pegadito a tu *lista*?", preguntó ella, removiendo un poco de azúcar en el té.

"Te lo dije, los puntos de la lista no son negociables." Grey abrió la carta del menú.

"¿Has conocido a alguien que te encaje?"

" Conocí una mujer esta semana que reúne el primer punto. ¿Puedo pedir para los dos?"

"¿Quién es?. Nada raro, ¿de acuerdo? ". Jenna se sentó de nuevo en el reservado de vinilo rojo.

"Es inteligente. Muy inteligente. Es escritora."

"Bien. Tal vez sea lo suficientemente inteligente como para encontrar de que forma ganarte".

"Soy fácil, Jenna. Te lo dije…"

El camarero volvió y Grey encargó albóndigas fritas, pollo al sésamo y tortitas de chalotas. El camarero asintió, sonrió y se fue.

"¿Así que esta mujer ha pasado la etapa uno?"

"Eso no es lo habitual."

"Si tan sólo te comprometieras ..."

El pollo al sésamo llegó. Además, el camarero depositó dos pequeños cuencos de arroz blanco caliente sobre la mesa.

"¿Por qué debería?. Estos son tres simples deseos que cumplir. Son mis llaves de la felicidad conyugal. Sin ellos, no podré ser un hombre felizmente casado, entonces ¿por qué tendría que ni tan siquiera molestarme?

"A veces puedes ser exasperante", dijo Jenna, sirviéndose arroz en su plato.

"Determinado. Decidido a hacerlo a mi manera. "Grey se sirvió el pollo al sésamo sobre un pequeño montón de arroz en el plato y lo atacó, comiendo con destreza la comida del plato con los palillos.

"Haz tus propias reglas y espero que algún día encuentres esa mujer misteriosa y difícil de alcanzar que sea tan buena en la cocina como en la cama", dijo Jenna, tomando su taza de té.

Grey sonrió e hizo un gesto al camarero para que trajera la cuenta.

"Si la encuentro ... cuando la encuentre, serás la primera en saberlo."

"Creo que *serás* el primero en saberlo, Grey," Jenna rió mientras brindaba con su taza con la de Grey.

Grey dejó algunos billetes de propina sobre la mesa, tomó la cuenta y fue hasta la caja registradora. Jenna volvió del baño de mujeres y los dos se subieron al coche dirigiéndose a la parte alta.

Capítulo Cinco

Eran las ocho de la mañana y el Upper West Side de Manhattan se estaba tranquilizando del tráfico y las bocinas de la hora punta. La gente iba a los restaurantes, las cortinas se izaban en los espectáculos de Broadway y Carrie llegaba a casa del trabajo.

Se sentía cansada por la tormenta de ideas sobre dos nuevas áreas de negocio y trabajando en una nueva línea de productos de Country Lane Cosméticos. Apenas había tenido tiempo de respirar y lo que le apetecía era llegar a casa y tomar una copa de vino, una cena congelada y un buen libro.

Carrie cerró con llave la puerta de la entrada y una vez estuvo dentro su móvil empezó a sonar. Dejó escapar un quejido, seguro que era Dennis de la oficina. Siempre tenía alguna cosa de última hora que decirle sobre algún proyecto que otro. Pero el número que aparecía en la pantalla de su teléfono no era el de Dennis, de hecho, le era absolutamente desconocido. Curiosa, respondió.

"¿Carrie?"

"Si, soy yo."

"Soy Grey Andrews."

"¡Ah, hola!."

"¿Te ha dicho algo Paul ya?"

"No, pero sólo han pasado unos días desde que le diste el manuscrito."

"Le voy a llamar. No debería hacerte esperar ".

"Eres muy amable. Gracias ", dijo ella, con la intención de colgar el teléfono.

"¡Espera! ¡Espera!"

"Si, dime, ¿qué quieres?"

"Me preguntaba si te gustaría cenar conmigo e ir al ballet el martes por la noche?"

¿Una cita?

"¿Esto son negocios?"

"De hecho, es una cita"

"Oh... me encantaría. ¿Cómo supiste que me gusta el ballet?

"Creo que lo comentaste durante nuestra última cena de la semana pasada"

¡Al fin! Un hombre que escucha.

"¿Pasas a buscarme por el trabajo ó te veo directamente en el restaurant?"

"Te vendré a buscar. Dame la dirección y te esperaré fuera con el coche a las 18 en punto. ¿Te va bien?

"Si, perfecto. Después del ballet tendré que volver a la oficina..."

"¡Ah!. Escuchó en su voz la decepción.

"Estamos en plena crisis con uno de nuestros clientes más importantes y me quedo trabajando más tiempo. Justo entraba por la puerta cuando me llamaste. "

"Me alegro de que puedas ingeniártelas para sacar tiempo libre y acompañarme."

"Yo también. Nos vemos"

"Buenas noches, Carrie, que tengas dulces sueños."

Carrie colgó el teléfono y se dejó caer en el sofá. Haber ganado la lotería no la hubiera sorprendido tanto. Así que Grey Andrews no es gay y el siente la misma química que yo. Ha pasado menos de una semana desde nuestra cita y ya ha llamado. Mmm. Podría ser interesante.

Se desnudó, se metió en la cama y se durmió pensando en Grey.

* * * *

"Te marchas? preguntó Dennis.

"Tengo una cita, Dennis"

"Pero es que tenemos tanto trabajo que hacer…"

"Esta noche no. Voy a salir. Trabajaré en ello en casa, mejor aún, voy a volver después de la cita ", dijo ella, metiendo papeles en su maletín.

"A Joe no le va a gustar esto" le advirtió

"Mala suerte. Yo también tengo vida privada"

"Tenia una vida, Carrie, la tenía"

"Habla por ti," dijo ella, enérgicamente mientras alcanzaba el ascensor.

Carrie llevaba un vestido de seda aguamarina, de corte bajo y ajustado a la cintura que hacía resaltar el azul de sus ojos. La falda era amplia, pero suave y se afianzaba a sus caderas y muslos. El aire era fresco para ser agosto, así que él llevaba una chaqueta ligera echada sobre los hombros. Cuando ella pisó la calle, Grey salió de una limusina de color negro y le abrió la puerta. Cuando la miró, ella sintió su mirada como la caricia de una mano cálida deslizándose suavemente por su cuerpo.

"Estás preciosa," le dijo él mientras sujetaba la puerta para que ella entrara.

Ella le sonrió, mirándole sus ojos, con el placer que se siente al ver la luz del deseo en el otro cuando te mira. Grey llevaba un traje de color antracita con una camisa azul y corbata negra. Sus ojos brillaban de tal forma que desprendían chispas de color verde cuando la miraba. Le tomó la mano, sintiendo escalofríos en su brazo y la ayudó a entrar en el coche y luego colocó aliviado su talla seis pies una pulgada a su lado. Sus hombros y sus muslos se tocaron, provocando en Carrie un cosquilleo. Grey dio indicaciones al conductor y luego le tomó la mano.

El coche se detuvo a la altura de un pequeño restaurante francés en Second Avenue llamado Sans Souci. Era un pequeño lugar con mucho encanto, íntimo y romántico en su interior, con una quincena de pequeñas mesas, paredes de color turquesa oscuro y manteles rojos largos hasta el suelo. En la esquina había una mesa preparada para dos, con una vela alta encendida y una botella de vino esperando. Grey le separó la silla y se sentó junto a ella, en lugar de enfrente .

El maître vino y se colocaron las servilletas en sus respectivas faldas y les tomó nota de las bebidas.

Carrie sacudió la cabeza. "Agua, por favor."

"¿Estás segura?"

"Tengo que trabajar después del ballet, así que tengo que estar sobria."

"¿Vino con la cena?"

"Tal vez sólo media ... bueno una copa", dijo.

"Cuéntame que es lo que te mantiene tan ocupada," Grey preguntó, sirviendo vino.

Carrie pasó los siguientes diez minutos contándole acerca del estrés que se siente cuando tratas de salvar la cuenta Country Lane Cosmetics y gestionar al mismo tiempo la presión de nuevas asignaciones. El tomó su mano silenciosamente y la escuchó atentamente.

"¿Y tú?, ¿qué haces exactamente y cómo llegaste ahí?."

"Las grandes preguntas ... no se pueden contestar con frases simples. Vamos a pedir primero ".

Carrie pidió coq au vin, Grey, lomo a la pimienta. A continuación, inició su relato.

"He trabajado como un perro durante diez años para amasar tanto dinero como he podido. Tuve suerte, mucha suerte con los bienes raíces y otras inversiones. Ahora soy inversor, socio de una pequeña empresa que apoya a nuevas empresas ecológicas tales como e-publicación ".

"Eso es admirable. ¿Trabajas ... como en un trabajo convencional? "

"Ya no todos los días. Tenemos un pequeño equipo y cada trimestre seleccionamos una empresa en la que invertir. El resto del tiempo lo dedicamos a la investigación, las entrevistas y a reunirnos con los directores de las empresas de nueva creación. Cuando tenemos una empresa en la que creemos seriamente, la dedicación puede llegar a ser intensa, muchas horas y muchas reuniones. Personalmente, el hecho de ayudar a nuevas empresas lo encuentro emocionante. En algunas ocasiones, el proceso es lento. Demasiado lento. A veces me paso días y días sin hacer nada más. Sólo investigo..."

"No te puedo imaginar pegado a un ordenador o una pila de papeles y sin hablar con nadie."

"Soy un tipo social, pero cada negocio tiene su lado negativo. Cuéntame más sobre ti."

"¿Por ejemplo?", preguntó ella.

"¿Cocinas?"

"¿Para una persona?. Raramente."

"Si fueran ... eh ... más de uno, ¿cocinarías?"

"Depende. Quizás."

"¿Qué tipo de vida familiar tuviste de niña?"

"Mis padres tuvieron éxito. Nunca me faltó de nada, excepto su tiempo. Siempre estaban ocupados, nos las arreglábamos ... ¿has oído hablar de los niños cuyas madres trabajan? "

"¿Hermanos?"

"Un hermano. ¿Tu?

"Un hermano y dos hermanas."

"¿Eres el mayor?"

"No, el segundo. Tengo una hermana mayor.

"¿Eres familiar?" preguntó ella.

"Mucho. ¿Y tú?"

"No mucho. Mis padres viven en Arizona y mi hermano en Chicago."

"¿Celebráis las fiestas, tenéis tradiciones familiares?"

"¿A qué vienen todas estas preguntas?. Parece una entrevista de trabajo.

Bajó la vista hacia el mantel y se sonrojó.

"Suena como una entrevista para buscar esposa", continuó mientras sus agudos ojos buscaban su cara.

"¿Qué opinas acerca de la familia?.¿Quieres formar una?. ¿Quieres tener hijos?" prosiguió.

"¿Niños?. Por supuesto. ¿Vida hogareña?. Siempre he querido crear la que yo nunca· tuve. Espero tener una tipo tarjeta navideña de Currier & Ives algún día ... ", dijo, con bastante nostalgia.

El sonrió

"¿Y tú?", preguntó ella, mientras le miraba.

"Lo quiero todo", dijo simplemente.

"¿Toda el conjunto? Cercas, 2 ó 3 niños, garaje para dos coches ... "

"Niños, Navidad, casa ... todo ... excepto la valla blanca, quizás... con la mujer correcta", admitió él.

"Así que ... esto se trata de una entrevista para seleccionar esposa?" insistió ella.

Tomó un sorbo de su copa de vino.

"Te estoy conociendo, eso es todo. Pongo un gran interés en todas mis citas ", dijo, dejando de lado la pregunta de Carrie.

Ella lo miró con recelo cuando el camarero llegó con la cena.

"¿Todas las citas?. ¿Soy una de las tantas ... cientos ... miles? ", bromeó.

Él rió. "En este momento, eres la única." Dejó su vaso y su mirada se encontró con la de ella.

Bien y vamos a mantenerlo así. Ella le sonrió.

* * * *

Grey vio a Carrie comer con entusiasmo y se sintió satisfecho de haberla invitado. Era obvio que necesitaba una comida en condiciones. La miró a la cara mientras ambos comían. Con los ojos fijos en su plato, podía analizarla sin ser detectado. Su rostro ovalado tenía una piel suave y delicada con un ligero rubor en sus mejillas. Su nariz era recta y parecía cultivada, no era una de esas narices de muñeca esculpidas por un cirujano plástico, la barbilla era fuerte pero femenina. Su pelo color miel con mechas rubio claro levemente rizado alrededor de su cara suavizaba su mirada. Estaba encantado con su belleza natural.

"Está delicioso", dijo, con la boca llena.

El se rió. "Tranquila, no hay prisa. Tenemos todo el tiempo del mundo."

"Estoy hambrienta. ¿Quieres probarlo?. Es increíblemente delicioso..." ella le ofreció.

Él asintió con la cabeza. Ella tomó su cuchillo para cortar un pedazo pero él puso su mano sobre la de ella, deteniéndola.

"Así, de tu boca", dijo él, inclinándose y poniendo suavemente sus labios sobre los de ella. Su lengua apenas rozó la superficie del labio inferior, a continuación, el labio superior, la salsa para probar aún estaba allí. Sus labios convencieron suavemente a los de ella para que los abriera y su lengua se introdujo lo suficiente como para compartir el sabor del pollo de ella. Ella cerró los ojos.

Carrie no se movió, de su pecho salió una respiración rápida, mientras su lengua daba un último golpe suave sobre sus labios y luego se sentó.

"Mmm, delicioso", dijo él, sintiendo que su pulso retornaba casi a la normalidad y un ligero cosquilleo en los labios a la vez que se acomodaba en su asiento.

Mientras ella estaba allí sentada mirándolo, el color comenzó a subirle a la cara y fue extendiéndose hasta lo más profundo de su pecho. Grey sonrió, mirándola a los ojos mientras se sentaba, rozando su labio inferior con la punta de su lengua.

"No me hagas la burla, ahora," susurró Grey, mirando su lengua. Se dirigió de nuevo a su plato, tomó el cuchillo y el tenedor y cortó un trozo de carne y se lo llevó a la boca.

Grey trató de concentrarse en la cena, pero sus ojos iban en busca de los de ella, su mirada se desvió a su escote más veces de lo que hubiese sido deseable, incluso para sí mismo. Mirando como sus labios consumían el pollo tuvo pensamientos lujuriosos. Quería tocarla de la peor forma. Grey era un hombre experimentado, una mujer atractiva no debería afectarle así, la espléndida comida pasó al estómago totalmente ignorada por sus papilas gustativas, en su lugar y de forma mental iban degustando a Carrie.

"¿Qué? "preguntó ella

"Igual que mirar a una hermosa mujer ", murmuró.

Podría ser ella. La candidata. Solo la idea le ponía nervioso anticipadamente. *No te precipites. Has estado así de cerca anteriormente. Pero yo quiero que sea ella.* Maravillosamente, ella iba progresando de acuerdo a su lista. Su interés en fundar una familia le intrigaba. Pero ¿podría, querría hacerlo sola?. Quedaba mucho por descubrir de Carrie y especialmente ardía en deseos de descubrir en ella el ultimo punto de la lista. Obsesionado por su apetito sexual, todos los pensamientos se hacinaban en su mente. ¿Serían compatibles sexualmente?. Era en lo único que podía pensar. El truco estaba en no iniciarlo mientras estaban en el restaurante.

El masticaba la última trozo de pollo cuando ella lo miró de nuevo y ladeó la cabeza.

"Nada.¿ Es un crimen admirarte?"

"Es un *poco* más que admiración, Grey. Siento que tus ojos están quemando un agujero en mi ... en mi ... " se sonrojó.

Simplemente tenía que tocarla

"Me comportaré," interrumpió él, apartando un mechón de pelo de su cara.

"Está bien"

¿Lo había experimentado como un ataque?.¿No quería coquetear o ser sexy conmigo?. Estamos en un restaurante, tal vez ella sea una amante de la privacidad y si estuviéramos solos ... tal vez lo haría ...

"¿Más vino, monsieur?", preguntó el camarero.

Grey sacudió su cabeza y levantando los ojos hacia ella y justo en ese momento ella miraba sus labios. Ah, es demasiado pronto para decir que es verdad.

45

Terminaron de cenar y regresaron al coche que los conduciría al ballet. Quedaban veinte y cinco minutos para el inicio de la obra. A Grey estaba saturado de negar su libido. Tomó a Carrie en sus brazos y le dio un ardiente beso. Comenzó lentamente, mordisqueando su labio inferior, mientras su mano descansaba sobre el cuello de Carrie, su pulgar sentía como su pulso se aceleraba. Se recreó en su boca con su lengua. Rodeó su cuello con sus brazos, acercándola más a él cuando un suave gemido escapó de la boca de ella. Su reacción alimentó su deseo. Cuanto más se derretía en sus brazos, más la deseaba.

Los besos se fueron intensificando y su mano subió hasta su pecho. Él la apretó suavemente y ella gimió, un poco demasiado fuerte. El sonido bajó a Grey a la Tierra. Quitó la mano y se colocó de nuevo en el asiento. El chófer controlaba por el espejo retrovisor y se sonrojó.

"Lo siento, yo no debería haber tomado ... ... haber hecho eso", respiró y se preguntó si ella sentiría que la cosa se estaba complicando.

Ella asintió con la cabeza, tratando de recuperar el aliento, su mirada fue bajando hasta sus manos. Se inclinó para susurrarle al oído: "Te encuentro tan atractiva ... No puedo evitarlo."

Ella extendió la mano y acarició su cara y con la mirada le buscaba. Vio la desconfianza en sus ojos y quería tranquilizarla.

"Esto no es una estrategia para llevarte a la cama. No podríamos tan siquiera esta noche aunque quisiéramos ... Sé que tienes que volver a la oficina después del ballet. No te estoy preparando. Te encuentro ... increíble. ¿Tiene algo de malo? ", se preguntó.

Ella tiró de él para darle un beso dulce, que profundizó fácilmente. Su sabor era tan rico, olía a fresco y dulce, como a lilas. El arrancó su boca de la de ella y le dio un mordisco en el cuello. Ella cerró los ojos y gimió suavemente mientras sus labios se desplazaron hacia abajo y luego volvieron al cuello dándole suaves besos. Antes de que pudiera llevar acabo otro asalto a su boca, el coche se detuvo.

"Hemos llegado, señor", dijo el chófer en voz alta, después de aclararse la garganta.

Grey levantó la vista, casi decepcionado de ver que habían llegado al ballet. Se sentó, se ajustó la corbata y la chaqueta, mientras Carrie trató de alisar las arrugas de su vestido y se retocaba los labios. El conductor se apeó y abrió la puerta.

"Pañuelo", exigió ella, extendiendo su mano.

Grey sacó su pañuelo y se lo dio. Ella limpió con cuidado y suavemente las huellas del labial que habían quedado en su boca y mejilla y se lo devolvió a él. Él le sonrió.

Colocó a Carrie delante de él para ocultar su erección, esperando que desapareciera rápidamente. Su fuerte respuesta lo desconcertó. No conocía a Carrie hacía mucho y aunque ella era hermosa y sexy, su reacción fue mayor de lo que habitualmente era en una situación similar. Su reacción aturdió a Carrie.

Bajaron del coche y Grey inclinó a Carrie de manera que ella tapara su partes privadas de la vista de los demás. Se relajó mientras caminaban hacia la puerta, buscando en su bolsillo de pecho las entradas.

"Me encanta el ballet. Esto me relajará mucho ", dijo ella, apretando su brazo.

Para mí no lo será tanto, sentado a tu lado, con ganas de tocarte, obligado a sentarme sin moverme y meter mis manos en el bolsillo.

* * * *

Carrie deslizó su mano en la de Grey, sonriéndole mientras entraba en el vestíbulo del teatro Lincoln Center. Su cara estaba caliente por la pasión suscitada en el coche, de hecho, sentía un hormigueo en su cuerpo, como si éste estuviera vivo. Sus caricias, sus labios eran mágicos y cuando puso su mano en su pecho, pensó que se iba a desmayar notaba que el fuego de su deseo iba consumirla. Si hubieran estado a veinte millas fuera de la ciudad, sabía que se habría entregado a él en el asiento trasero con un extraño al volante. *Qué vergüenza, ¿dónde está tu autocontrol?.*

Lo miró de reojo furtivamente, estaba orgullosa de estar con un hombre tan guapo. Su pelo rubio arena dejándose caer por su frente le daba un aspecto juvenil a pesar de que su rostro era maduro. Aún así, fue devastador, suave, sofisticado y sexy como el infierno. Disfrutó cada minuto con él.

Se instalaron en sus asientos y él la ayudó a ponerse el abrigo sobre sus hombros, rozando su piel desnuda, las chispas bajaban por su espina dorsal. Cuando las luces comenzaron a apagarse, tomó su mano en la suya, entrelazando sus dedos con los de ella y se sentaron de nuevo para disfrutar del espectáculo.

Carrie no lo encontró tan relajante como había esperado. No era capaz de sentirse cómoda en su asiento, tal vez porque Grey acariciaba ocasionalmente la palma de su mano con su pulgar, lo que la mantenía en un constante y sutil estado de excitación. Nuevamente se movió y escuchó a alguien trás ella hacer un chasquido de molestia. Finalmente, sonrió a Grey y se levantó. Era incapaz de permanecer sentada por más tiempo. Fuera, en el vestíbulo, puso su cara hirviendo contra la ventana fría, con la esperanza de encontrar algún alivio.

"¿Inquieta?, preguntó una voz detrás de ella.

Giró la cabeza y encontró a Grey justo detrás de ella. Podía sentir sus manos en la cintura.

Ella asintió.

Se inclinó y le dio un ligero beso en el cuello. Cuando se ella se giró, él la atrajo hacia si para darle un beso dulce que de inmediato se tornó apasionado. Ella lo rechazó, de mala gana.

"No me ayuda."

"¿Quién dijo que yo estaba tratando de ayudar?"

Ella se echó a reír y él le tapó la boca, para no molestar a los espectadores que estaban viendo la actuación. La tomó de la mano y la llevó a la zona del guardarropa, donde había un hueco para teléfono público. La empujó al interior del rincón contra la pared y presionó con fuerza su cuerpo mientras su boca se encontraba con la de ella. Ella cayó en sus brazos, suavemente contra él. El beso se volvió apasionado. Ella gimió suavemente y le susurró al oído:

"Tócame,"

Él respondió inmediatamente. Sus dedos rodearon su pecho de caricias mientras que la otra mano se deslizó hasta su trasero y lo apretó, luego la atrajo hacia él. Ella presionó sus caderas con la suyas y sentir su erección y la hizo jadear ligeramente. Su mano acariciaba su pecho, buscando el pezón, que pellizcó suavemente. Estaban tan envueltos el uno con el otro, que no oyeron los aplausos del intermedio de la función. Ni siquiera el sonido de los pasos que se acercaban hizo que se detuvieran. Carrie logró apartar su boca cuando los oyó venir de lejos. Miró por encima del hombro de Grey y vio a un hombre de pie, con el ceño fruncido y mirándoles.

"Búsquense una habitación. Esto es un teatro, ¡por Dios! ", murmuró mientras se alejaba.

Carie hundió su cara enrojecida en el hombro de Grey y separó sus caderas de él. El puso su mano en su pelo, peinándolo hacia abajo y la besó en la mejilla.

"Lo siento, pero ...", susurró en su oído.

"... Esto es cosa de dos", dijo.

Él sonrió y se separó de ella, dejando pasar un minuto o dos antes de tomar su mano y unirse a la multitud en el intermedio, manteniéndola enfrente de él. Carrie volvió a su asiento y cogió su abrigo.

"Yo no puedo concentrarme en esta ... representación ... a tu lado", le susurró al oído.

Grey percibió las miradas de algunas personas y reconoció al hombre con el ceño fruncido como explicaba el suceso a otros, lo que hizo que sacara a Carrie del auditorio con una sonrisa divertida en su rostro. Una vez en el vestíbulo, sacó su móvil y llamó al coche.

Algunas personas se los quedaron mirando mientras caminaban por el pasillo y Grey notó que se ruborizada. Carrie empezó a sonreír cuando entendió los susurros de la gente y se dio cuenta del revuelo que su rápida salida estaba provocando. En el momento en que llegaron a la salida ambos se estaban tronchando literalmente de la risa. El chófer abrió la puerta del coche. Siguieron riendo todo el camino de regreso a su oficina.

Cuando el coche se detuvo junto a la acera, ambos estaban secándose sus ojos.

"Al menos no nos desnudamos," dijo ella.

Su comentario provocó otro ataque de risa. Cuando ambos se calmaron, Carrie tomó su abrigo, el bolso y el maletín y se dirigió a Grey.

"Fue una noche increíble, Grey. Muchísimas gracias."

"¿A pesar de que prácticamente nos echaran del ballet?", bromeó él.

"La cena fue fabulosa y el ballet fue ... estimulante?" dijo ella, riéndose.

Él la tomó en sus brazos y la besó.

"Buenas noches, Carrie. No trabajes demasiado", dijo, alisándole el pelo con la palma de su mano. Grey se sentó en el coche y la vio entrar en el edificio, el coche arrancó cuando ella estaba ya en el interior, a salvo.

Capítulo Seis

Carrie no se preocupó por saber de Grey nuevamente. Alguien que estuvo tan encima de ella como él había estado volvería en segundos... y más. Ella se concentró en su trabajo a pesar de que le llevó media hora concienciarse de que era la mejor cita que había tenido en años.

A las dos en punto, terminó y llamó al servicio de automóvil. Ella se había acostado a las tres y levantado a las ocho, se arrastraba por la oficina. Dennis estaba encantado con su trabajo y tenía más para darle. Había planificado quedarse las noches del miércoles y jueves hasta muy tarde. La llamada llegó el miércoles durante el trabajo. Acosada, fastidiosa y preocupada, Carrie contestó la llamada telefónica bruscamente.

"¡Hola!"

"Esa no es la voz suave que ronroneaba en mi oreja anoche."

"¿Grey?" sonrió ella, imaginando su sonrisa sexy y risueños ojos.

"No puedo dejar de pensar en ti y estoy arruinando mi día laboral, cariño. ¿Vamos a ver a los Yankees y luego a cenar este sábado... asientos al lado de la primera base?"

"¿Sábado?" preguntó ella, sacando su calendario.

"Por favor di "si" así puedo volver a trabajar. ¡Estoy perdiendo dinero!"

"Tengo que trabajar. Puedo escaparme algunas horas," dijo ella, sosteniendo el teléfono muy cerca por privacidad.

"El juego empieza a las 2 de la tarde. Enviaré un coche que pasará por ti a las 2 y media. Te estaré esperando fuera cuando llegues."

"¡Maravilloso!. ¿El nuevo Estadio Yankee?" Carrie se hundió en su silla de escritorio.

"Ningún otro."

"Amo el béisbol... pero supongo que lo recuerdas por nuestra conversación."

"Soy un buen oyente."

"Es raro en un hombre," dijo ella, poniendo su pie encima de la papelera.

"Además, tengo una excelente memoria. Recuerdo otras cosas acerca de ti... cosas que necesitan ser practicadas."

Carrie se sonrojó por el tono de su voz.

"Te veo el sábado, Grey," dijo ella y colgó cuando él terminó de reír.

Carrie se sentó un momento disfrutando de la idea de ver a Grey nuevamente.

Dennis explotó su globo romántico poniendo su voluminoso ser en la puerta del despacho de Carrie y aclarando su garganta.

"¿Qué pasa este sábado?. El sábado trabajamos."

"Voy a venir temprano y me marcharé a las 14:30 y volveré a las ocho si es necesario. Voy a ver un partido en el nuevo Estadio Yankee."

"¿Buenos asientos?"

"En la primera base."

"Supongo que, si después vuelves y eso, no habrá problema. Desearía poder ir contigo."

Carrie sonrió y mantuvo su boca cerrada en lugar de decirle a Dennis lo complacida que estaba de que el no fuera.

Esa noche, mientras Carrie se metía en su cama para leer un poco, su teléfono sonó.

"No estoy interrumpiendo nada... de ninguna forma, ¿verdad?"

"¡Delia!. Claro que no. Estuve trabajando todos los días hasta muy tarde así que no interrumpes nada," rió Carrie, colocando el libro boca abajo sobre su estómago.

"Eso no es bueno, Carrie. Necesitas un hombre en tu vida. Deberías estar pensando en casarte." dijo Delia

Carrie se introdujo en su cama.

"Ahora mismo en lo único que pienso es en mantener mi empleo."

"Oh, claro, claro, había olvidado eso. ¿Cuándo voy a conocer a tu hombre?"

"No es mío y sólo lo he visto un par de veces. El sábado me va a llevar a un partido de béisbol y a cenar," dijo Carrie con voz suave.

"¡Qué agradable! ¿Lo llevarás a tomar café?"

"Tía Delia, el tío Jackson estaría horrorizado con tus preguntas."

"¿Lo estás tú?"

"Tengo que volver al trabajo el sábado por la noche."

"Quizás eso no esté tan mal. Con todo el retraso, cuando estéis juntos, ¡habrán fuegos artificiales de verdad!. Duerme bien, ángel."

Delia colgó el teléfono y Carrie puso el libro a un lado. Apagó la luz y se acostó en su cama pensando cuando tendría tiempo de estar a solas con Grey. No tuvo tiempo de pensar demasiado. Se durmió a los diez minutos.

* * * *

El tiempo pareció volar y el sábado llegó rápidamente. Era un maravilloso, soleado y placentero día de septiembre. Carrie llevaba unos tejanos azul claro acampanados, con una camiseta de manga larga color frambuesa y cuello redondo. El conjunto dejaba ver su figura a la perfección. Zapatillas de color azul marino, algunas joyas informales y una chaqueta de cuero, para protegerse del frío aire de la tarde, completaban el atuendo.

Se dirigió hacia la oficina a las 8 de la mañana, sin parar de sonreír. Cuando llegó, los otros miembros del equipo la saludaron con un "hola" malhumorado. Escondiéndose detrás de sus enormes vasos de café Starbucks, Carrie canturreó sus "buenos días" transmitiendo alegría a todos los presentes.

Se pusieron a trabajar rápidamente y ella se mantuvo concentrada hasta las dos y cuarto. Grey era muy riguroso con la puntualidad y ella sabía que el coche estaría esperándola en quince minutos delante de sus narices.

En el aseo de mujeres se retocó el colorete y el labial, agregó rímel y un delineador de ojos liviano. Una gota de su colonia preferida Lilac que le daba ese aroma personal.

"Espero que los Yanks ganen," dijo Dennis, mientras ella se metía en el ascensor.

El viaje hasta el estadio Yankee fue rápido con poco tráfico para un sábado. Carrie se sentó y miró los botes del Río Hudson mientras el coche aceleraba por la carretera West Side dirección al Bronx. Los rayos de sol se reflejaban en el agua, en los árboles y en las flores del parque Riverside. Una sensación de felicidad la invadió completamente mientras se hundía en su cómodo asiento.

El conductor hizo una llamada rápida mientras se desviaban de la carretera y se dirigían hacia el estadio, Grey la estaba esperando. La tomó entre sus fuertes brazos con un gran abrazo y beso antes de tomar su mano y llevarla al estadio. Ella miró alrededor, sin poder discernir si el estadio parecía una oficina o una prisión moderna. Ella asintió levemente mientras la noción de un enorme banco vino a su mente.

Carrie quedó casi deslumbrada por el verde brillante del césped mientras caminaba y seguía al alto, delgado hombre hasta que llegaron a la mitad de la parte delantera entre la base del bateador y la primera base.

Justo cuando se sentaron, Alex Rodriguez sacó bola. Las aclamaciones eran ensordecedoras y Grey aprovechó la oportunidad para atraerla hacia sus brazos nuevamente. Saltaron, gritaron y rieron.

Una vez sentados, Grey le ofreció comida.

"El nuevo estadio tiene muchísimas opciones de comidas distintas. Puedes comprar los tradicionales perritos calientes con cerveza o soda ó algo más sofisticado. Tienen barbacoa, Dunkin Donuts, incluso ensaladas. ¿Cuál es tu favorita?"

"En el estadio de béisbol ... tiene que ser perrito caliente y soda."

"¿Helado de Turkey Hill?

"¡Ese es el mejor!"

"Yo comí ese de niño, pero, ¿cómo conoces Turkey Hill?"

"Yo viajo," dijo ella sonrojándose.

"Algún hombre te lo mostró, ¿verdad?". Sus ojos se achicaron.

"Quizás... Mira, Jeter está volviendo para batear."

Grey tomó nota y dejó su inquisición acerca de su pasado. La invitó a perritos calientes, soda y helado. Él tomó cerveza. Grey también había salido del trabajo. Se sentó a su lado, llevaba un gorro de béisbol girado hacia atrás en su cabeza, pantalones grises y una camisa de manga larga con las mangas subidas hasta sus codos. Su corbata se había aflojado y colgaba algunos centímetros por debajo de su cuello. Varios botones de su camisa estaban desabrochados, se le veía un poco el bello del pecho. Carrie quería entrar dentro de su camisa y poner la palma de su mano en él. Ella sintió cómo su pulso se aceleraba rápidamente.

Él señaló las características especiales del nuevo estadio, acercándose a ella. Sus ojos siguieron la línea de los brazos de él y el dedo con el que señalaba, pero no podía concentrarse

58

teniéndolo tan cerca. Su aroma la sedujo y pudo sentir su calor masculino irradiando desde su pecho cercano al de ella. Cuando se volvió a sentar, ella lo observó. La gorra informal, su camisa de manga larga revelando sus poderosos antebrazos levemente cubiertos por bello color arena. Sus anchos hombros y pecho estiraban un poco la camisa. Ella adivinó que quizás él no tenía una talla en concreto sino que estaba entre dos tallas. En su apuesto rostro brillaba un poco de sudor debido al sol. Carrie sintió cómo su pulso se aceleraba de nuevo y el calor volvía a recorrer sus venas simplemente con mirarlo y no podía dejar de hacerlo. Ella le quería.

"Mira, va a robar el tercero... Y es una entrada y salida rápida," dijo Grey, señalando a un jugador que corría hacia la segunda base.

Justo cuando él dijo eso, el corredor de la segunda base comenzó a moverse y el bateador golpeó de una sola vez la bola hacia el centro del campo. El hombre en la segunda marcó un punto y la multitud enloqueció. Grey saltó junto con el resto, gritando y levantando sus manos por encima de su cabeza. Sacó a Carrie de su asiento y la envolvió con sus brazos. Ella apoyó sus manos en su pecho y sus ojos se encontraron con los de él. Él bajó su mirada y acercó sus labios hasta los de ella. Ella se abrazó a él acercándolo aún más. Grey la besó profundamente y de pronto todo el mundo empezó a sentarse. Los fans comenzaron a silbar a la pareja que estaba besándose. Alguien silbó y luego varios se le sumaron con aplausos y más silbidos.

Los fans que estaban alrededor de ellos se reían mientras Carrie se sentía mortificada. Se sentaron nuevamente en sus asientos y se tomaron las manos hasta que el partido terminó. A las cinco y media se dirigieron hacia el estacionamiento donde estaba el Jaguar XK plateado de Grey aparcado.

"Para la cena, pensé en llevarte a Avenida Arthur, ya que estamos por aquí."

"¿Qué es Avenida Arthur?", preguntó ella, girando su cara hacia él.

"¿Creciste en Nueva York y no sabes que la verdadera Pequeña Italia está en la Avenida Arthur en el Bronx?. La mejor comida italiana fuera de Italia y las panaderías... ¡madre mía!". Puso el coche en marcha y comenzaron a pasar por las calles laterales llenas de niños jugando, radios sonando fuertemente, gente agachada en el suelo, jugando a cartas, equipos musicales portátiles con música en idiomas extranjeros. Condujeron calle tras calle pasando por casas históricas de piedra, algunas coloridas, algunas de ladrillo rojo y algún marrón tradicional.

Grey encontró un espacio para aparcar en frente del Firenze, un restaurante italiano. Abrió la puerta para Carrie y la acompañó hasta dentro.

Había una docena de mesas dispuestas de modo comprimido en el pequeño restaurante. Las paredes eran verde oscuro y cada mesa tenía una botella de Chianti con una vela encendida. Llegaron temprano y el lugar estaba prácticamente vacío. Carrie ordenó unos raviolis y Grey pidió pollo parmesano con fideos.

"¿Cómo te ha ido el trabajo hoy?" preguntó Grey, mientras cortaba un trozo de su pollo.

"Estamos trabajando en tres nuevas estrategias para este cliente. A veces me confundo porque estoy trabajando con muchos clientes a la vez. ¿Tu has trabajado hoy también, ¿no?"

Los raviolis parecían derretirse en la boca de Carrie, nunca había comido una pasta tan rica.

"A Susan y a Max les gusta hacer su pre-investigación para mí antes de presentársela a John. John era mi jefe. Cuando se retiró, decidió empezar su propio negocio y me llevó con él. Por supuesto que tuve que poner dinero para comenzar pero no fue problema."

"¿Cómo hiciste todo tu dinero?" espetó Carrie, sonrojándose posteriormente por el atrevimiento de su pregunta.

Grey la miró y se rió.

"Lo siento. Eso ha sido muy rudo de mi parte, por favor, disculpa mi pregunta."

"Está bien. Al principio compré casas de pueblo."

"¿Casas de pueblo?"

"Para poder ahorrar dinero tenía citas con variadas e interesantes caminatas. Caminábamos hasta el Harlem y volvíamos. Noté que la burguesía se estaba moviendo hacia el norte, así que busqué y compré algunas casas, las renové y las vendí con una diferencia de dinero importante," Grey tomó un sorbo de su vino rojo.

"Bastante astuto," dijo Carrie, cortando otro pedazo de ravioli por la mitad con su tenedor.

61

"Eso creo. También compré una para mí y me la quedé."

"¿Vives en una casa de pueblo?" preguntó ella, con los ojos bien abiertos.

"En la zona norte. No es grande, pero tiene el suficiente espacio para mi... y para... el futuro," dijo, tosiendo, "gané bastante dinero de esa forma y luego invertí en compañías investigadas exhaustivamente... compañías que estaba buscando para mis clientes. Hice algo así como un veinte por ciento al año."

"Algún día, si me convierto en una directora creativa, ¿querrás invertir mi dinero por mí?"

Él se rió. "¿Qué tal si te enseño cómo invertir y lo haces tu misma?"

"Me gusta la idea," dijo ella, sonriendo mientras se limpiaba los labios con la servilleta.

Grey giró su muñeca para mirar su nuevo reloj iPod.

"Es casi la hora. Tengo que conseguir un cheque de lluvia de pasteles para ti como postre."

Tengo pensado un tipo de postre completamente distinto la próxima vez que nos veamos. Ella ojeó su torso hambrientamente preguntándose cómo sería debajo de su chapa corporativa y le sonrió tras asentirle.

Grey la llevó en su coche hacia la oficina llegando quince minutos antes de tiempo. Se sentaron en el coche besuqueándose como una pareja de adolescentes hasta que ella tuvo que marcharse.

"Me lo he pasado maravillosamente hoy."

"Ayuda cuando los Yankees ganan," dijo él, jugando con las llaves de su coche.

"Ah, ¿ganaron? No me di cuenta," bromeó ella.

"¿Qué?"

"Estoy bromeando. Mi día maravilloso tiene que ver contigo, tontito," explicó Carrie, abriendo la puerta.

"Te llamaré mañana," dijo él, cuando ella cerró la puerta.

"Buenas noches"

"Buenas noches, cariño," dijo, levantando su mano.

Grey puso en marcha su vehículo y se alejó del lugar rápidamente.

Capítulo Siete

El domingo, Carrie se durmió tarde, recuperándose de su trabajo de seis días a la semana. A las once en punto, el teléfono sonó.

"Buenos días," dijo la voz profunda y fluida de Grey Andrews.

"Buenos días para ti también," le contestó Carrie con voz de dormida.

"¿Cena el sábado?"

"Maravilloso" dijo ella estirando su brazo por encima de su cabeza.

"Bien. Descansa. Espero que puedas quedarte despierta para el postre."

"Quizás deberíamos empezar por el postre," bromeó ella.

"No me provoques," rió disimuladamente.

"Mmm," murmuró ella, cerrando sus ojos e imaginándoselo desnudo.

"Te veo el sábado," dijo él y colgó.

Ella trabajaba todos los días hasta las nueve y media de la noche. El jueves, Carrie estaba agotada.

"Mañana me iré temprano," le dijo a Dennis.

"¿Temprano? ¿Quién lo ha dicho?"

"Lo digo yo. Estoy exhausta, Dennis. Sólo una noche, ¡jolines!."

"Bueno, bueno. Puedes irte a la una mañana, pero el sábado te quiero aquí."

"¿Otra vez el sábado? No puedo. Tengo una cita. Pero trabajaré desde casa el domingo unas horas."

"Es esa maldita cosa del nuevo negocio. Si tan solo estuvieras trabajando en Country Lane... pero no es así. Tu trabajo es bueno, Carrie. Bien, trato hecho. No puedo permitir que te enfermes."

Carrie caminaba por el pasillo hacia afuera de la oficina y se encontró con Rosie.

"¿Cómo estás?" le preguntó Rosie y la miró con preocupación en su rostro.

"Exhausta."

"Te ves exhausta. No te había visto en semanas. ¿Hay alguna posibilidad de que puedas tomarte unos minutos para almorzar hoy?"

"¿Almorzar?. Me voy temprano mañana, así que almorzar no me va muy bien. Pero necesito comer."

"Traje un sándwich. Ven a esconderte en mi despacho y lo compartimos." Le ofreció Rosie.

Carrie aceptó, volvió a su despacho y sacó el proyecto Country Lane número 112 de su ordenador.

* * * *

A la una en punto del viernes, puso todo lo necesario en su maletín para poder trabajar desde casa el domingo. Un pedazo de papel resbaló de su agenda y cayó al suelo, justo debajo de su pie. Ella lo recogió. Decía: "Receta de Carne Bourguinon especial de Mamá".

Arrugó la receta en su bolsillo y comenzó a caminar. El cielo amenazaba con lluvia, un día frío de finales de septiembre en Nueva York. Ella se abrigó con su impermeable y caminó hacía el metro.

El viento soplaba en la calle 78, revolviendo el pelo de Carrie hacia su cara mientras se acercaba a la piedra marrón que albergaba su apartamento. Cargada de provisiones, Carrie a duras penas pudo llevar en tres viajes todo hasta su apartamento. Puso todo dentro de su puerta de entrada y corrió a cerrar las ventanas para evitar el frío. Puso música, sacó las provisiones y sacó el papel de la receta de su bolsillo.

"Bien, mamá, allá voy," se dijo a sí misma mientras comenzó a sonar su canción favorita "Haven't Met You Yet" de Michael Bublé,.

El precalentamiento del horno caldeó todo el apartamento. Carrie se desvistió y cambió a un atuendo más cómodo comenzando a cocinar, cantar y bailar al son de la música. Cocinar era divertido para ella, especialmente cuando lo hacía en compañía de su madre antes de que la familia se fracturara porque su padre estaba obsesionado con hacer mucho dinero y trabajar constantemente.

Sus padres habían empezado un negocio de catering juntos cuando ambos estaban desempleados y Carrie tenía diez años. El negocio logró llevarse a cabo porque sus padres trabajaban día y noche para que fuera rentable. Carrie fue criada principalmente por su abuela, ya que sus padres estaban siempre cocinando, supervisando eventos y vendiendo sus servicios, especialmente durante las vacaciones. Cuanto más exitosos se volvían, más motivados estaban, atemorizados de perder todo lo que habían adquirido. Al principio,

Carrie los extrañaba terriblemente pero luego se acostumbró a estar sola. Realmente, nunca se acostumbró a estar sola durante las vacaciones y esos días se le hacían difíciles inclusive ahora. Su apartamento de una habitación tenía una minúscula higuera en la sala de estar. La pequeña cocina, apretada entre la sala de estar y el dormitorio, estaba bien equipada. Ella puso la carne, cortó las setas, cocinó el tocino y abrió un vino sirviéndose una cantidad generosa en una copa.

A las cinco en punto, puso la bandeja en el horno y se sentó con su copa de vino, poniendo los pies hacia arriba. Estaba sintiéndose mejor. Luego se acordó que Grey la estaba esperando para ir a comer el sábado y ella estaba cocinando. Tomó el teléfono.

"Hola," dijo ella, cuando él contesto, no sin antes beber otro sorbo de su copa de vino.

"¿Carrie?. Sábado...No vas a cancelar, ¿no?". Su tono se volvió urgente e interrogatorio.

"Un cambio de planes," corrigió ella, sentándose derecha y poniendo sus pies de nuevo en el suelo.

"¿No hay cena?"

"La cena será aquí, ¿de acuerdo?

"¿En tu casa?"

"Encontré una receta vieja de mi madre y decidí hacerla. Está en el horno cocinándose... huele genial."

"Mmm... ¿Qué es?"

"*Boeuf Bourguinon*"

"Estoy impresionado. Se me está haciendo la boca agua."

"Mantén tus pantalones puestos, guapo…" Carrie sonrió y se sentó en su sofá hacia atrás, poniendo sus pies en la mesa de café.

"¿Qué te hizo pensar…?"

"¿Martes por la noche?"

"Se me está haciendo la boca agua en este apartamento, también."

Ella rió. "Estás asumiendo que vamos a…"

"No estoy asumiendo nada… pero un hombre puede tener esperanza, ¿no?"

"Mañana será nuestra tercera cita," Carrie levantó su copa de vino y tomó un sorbo.

"Nuestra cuarta."

"La primera fue de negocios," lo corrigió ella.

"Eso es lo que tú piensas."

"¿Era una cita? ¡Ni siquiera me diste un beso de buenas noches!" bajo los pies y se levantó.

"Estaba controlándote antes de arrugarte."

Ella rió.

"¿A la misma hora mañana?,¿o quieres que venga hoy por la noche y… eh… me quede hasta mañana… entonces me aseguraría de estar a tiempo," rió.

"Buen intento. A las seis en punto como dijimos. No llegues tarde o empezaré sin ti…"

"Empezar que sin mi… ah… ¡La comida!. Entiendo."

Ella rió, negó con su cabeza, colgó el teléfono, se levantó y fue a revisar el horno.

Capítulo Ocho

A las cinco y media del sábado, Carrie ponía los toques finales a su maquillaje y ya estaba lista. Se puso un suéter de algodón de manga larga color crema, de corte bajo con unos tejanos ajustados. Alrededor de su cuello tenía un colgante con una amatista que colgaba hasta sus pechos. Ella agregó colgantes que hacían juego y acomodó su cabello.

El *Beouf Bourguinon* estaba en el horno, calentándose. El aroma se expandía por el apartamento y se colaba por debajo de la puerta, bajando hacia las escaleras llenando los estrechos pasillos y el pequeño vestíbulo. La mesa estaba puesta con los mejores platos, blancos con pequeñas mariposas y flores en sombras de color lavanda y verde claro. La mesa pequeña y redonda estaba cubierta con un mantel lavanda hasta el suelo, con otro mantel color violeta más pequeño superpuesto. Las copas de vino de cristal y los vasos para el agua brillaban y había un candelabro de plata con una vela verde claro encendida en el medio de la mesa. *Bastante romántico, puede que le de ideas. Ya las tiene las ideas, tengo que decidirme acerca de qué quiero que suceda.*

Carrie dejó caer unas gotas de su perfume Liliac sobre sus muñecas y entre sus pechos. Justo cuando estaba poniendo la tapa a su perfume, el timbre de la puerta sonó. Ella miró a su reloj, dos minutos para las seis. Se rió a sí misma mientras caminaba a la puerta y apretaba el botón de entrada, sorprendida por la emoción que crecía en su interior.

* * * *

Tan pronto como abrió la puerta de hierro del edificio de piedra marrón, Grey olió el estofado francés cocinándose. *Espero que eso venga del apartamento de Carrie.* Mientras subía las escaleras, el aroma se volvía más fuerte y sintió su estómago rugir en consecuencia. Llevaba una botella cara de vino tinto en una mano y una docena de rosas en la otra. Una sonrisa creció en su cara ya que confiaba que podría hacerle el amor. Estuvo pensando acerca de Carrie durante toda la semana, el sabor de sus labios, la sensación de sus pechos, la firmeza de su trasero. Haber podido disfrutar un partido de béisbol juntos era la guinda del pastel. A diferencia de otras mujeres, ella se había colado bajo su piel rápidamente, acercándose a su bien protegido corazón.

Cuando ella abrió la puerta, estaba preciosa y él tenía razón, el estupendo aroma de cocina venía de su apartamento. La besó levemente, le dio las flores y entró. Esperando encontrar, como en cualquier otra mujer de su edad, un apartamento amueblado con muebles baratos, su boca se abrió con lo que vio. Caminó a la sala de estar y le impactaron los hermosos asientos rojos y naranjas a rayas a ambos lados de la chimenea. Un banco de zapatero viejo servía como mesa de café entre los sillones. Un mueble esquinero de pino, con su particular brillo, abrazaba la esquina mientras unas

70

cortinas en tono bronceado de arpillera se movían con la leve brisa que entraba, incluso con las ventanas cerradas.

"Tu apartamento es precioso. ¿Has hecho tu todo esto?". Su vista viajaba de la sala de estar, a la cocina y por el pasillo hasta su habitación.

"¿Te refieres a si contraté un decorador?. Claro que no, ¿por qué tendría que hacerlo?" preguntó ella.

"Algunas personas prefieren dejar la decoración en manos de otro."

"Este es mi hogar. Quiero que sea de la forma que yo quiero. A mi gusto. No puedo dejar que otro decida por mí," dijo Carrie mientras le pasaba un sacacorchos.

"Estoy de acuerdo." Y abrió la botella de Cabernet Sauvignon que había traído.

"¿Tú decoras tu propia casa?"

Él negó con la cabeza. "Contraté ayuda. No sabía por dónde comenzar," dijo él, avergonzado.

Un avisador sonó en la cocina, llamando a Carrie antes de que pudiera responder. Él vio la mesa redonda románticamente puesta para dos y las puertas francesas con cortinas blancas transparentes. Había una alfombra de paja, lámparas americanas viejas, un par de almohadones y algunas piezas de arte pequeñas en una repisa de mármol. Una credenza estrecha estaba detrás de uno de los sillones y portaba una hermosa cesta llena de frutas. Había un pequeño bol con nueces en la mesa zapatero. No había esperado encontrar un apartamento tan acogedor cuando le abrió la puerta. Miró al pasillo, en dirección a su habitación.

"Fuera límites por ahora..." dijo ella, siguiendo su mirada.

"¿No puedo hacer un tour?. Me encantaría ver lo que has hecho, ¿puedo ver el resto?"

"Claro, ven," ella lo llevó hasta la terraza la cual tenía una pequeña mesa de hierro gris oscuro y dos almohadones con estampados de pavo real sobre sillas también de hierro. Luego lo llevó hacia el pasillo y giró a la mini galería de arte que tenía colgada allí. Había un bote pintado a lápiz y tinta impresionista, dos platos decorativos en rojo con toques en dorado y turquesa, una montaña pintada al oleo y otros que él no tuvo tiempo de examinar detenidamente en su rápida caminata hacia la habitación.

Las paredes de la habitación de Carrie estaban pintadas en un azul cielo y retocadas con amarillo suave. El cubrecama era un estampado country con sombras en azul, amarillo y blanco. Tenía un pequeño y antiguo arcón francés de pino y lámparas blancas a cada lado de la cama. Vio la cama tamaño queen y sonrió.

"¿Para qué es eso?"

"¿Qué?". Grey intentó cambiar su sonrisa a un tono inocente pero falló.

"Esa sonrisa maliciosa en tu rostro."

"Nada, nada, admirando tu habitación. Es una gran habitación, muy bien hecha. ¿No puedo hacer eso sin un motivo ulterior?"

"¿Qué es lo que te gusta de ella?". Carrie entrecerró sus ojos y giró su cara para mirarlo de frente.

"La decoración... los colores... para ser honesto, el tamaño de tu cama me dice mucho sobre ti."

"¿Cómo es eso?"

"Si fuera una cama normal, entonces estaría seguro de que no la podríamos compartir pronto... Una cama doble me da el 50% de posibilidades, pero una cama tamaño queen significa..." se sonrojó y se dio cuenta de que estaba hablando demasiado.

"¿Qué significa?" preguntó ella.

"No importa," dijo él, moviéndose hacia la puerta.

Ella tiró de su brazo y él se giró.

"¿Qué significa?" insistió ella. Bloqueó su paso en la puerta y puso las manos en su cintura.

"Significa que estás interesada en... pasar tiempo con alguien más en una cama grande para dos, especialmente un hombre de mi tamaño."

"Ya veo. Sacaste grandes conclusiones, ¿no?" Puso su mano en su boca para cubrir una sonrisa.

"La esperanza habló de nuevo," dijo él, atrayéndola para besarla.

"Debo ir por la cena," dijo ella, separándose de sus brazos y andando por el pasillo.

Grey la siguió, mirando su balanceo mientras caminaba y su deseo crecía. Su corazón comenzó a latir más rápidamente mientras se daba cuenta de que Carrie podría ser la mujer que diera con los tres criterios de su lista.

73

Ella arregló las flores que él trajo en un jarrón y lo colocó sobre la mesa de café, y se paró para darle un beso de "gracias" y volvió a la cocina. Se quedó de pie en la sala de estar, mirando las piezas de arte originales en sus paredes, cada una perfectamente enmarcada y arregladas de forma artística, hasta que escuchó un grito, y luego un estrépito. Corrió hacia la cocina y encontró a Carrie agarrándose las manos, con lágrimas en sus ojos.

"¿Qué ha pasado?"

"A veces olvido... Agarré la bandeja sin el guante," dijo ella.

Grey rápida y calmadamente fue al congelador y tomó unos trozos de hielo. Tomó su mano, y delicadamente se lo puso sobre la piel quemada manteniéndolo con una mano. Con la otra, agarró un pequeño bol del armario y lo llenó con agua fría. Luego metió el hielo en el agua y la acompañó hasta la mesa donde iban a cenar. Ella se sentó e introdujo la mano en el agua helada.

"Manténla ahí. Iré a por la comida," dijo él, besando el área lastimada antes de que la introdujera en el bol, secando una lágrima de su mejilla con su pulgar.

Carrie se sentó mientras seguía manteniendo su mano en el agua. Miró a Grey empuñar la cacerola adecuadamente y llevar los tallarines y la ensalada a la mesa.

"Tienes experiencia, veo," dijo ella, tratando de encender la vela con una mano.

"En una familia grande, todos ayudan a la hora de la comida," contestó él, quitando las cerillas de su mano y encendiendo la vela con un solo movimiento.

"¿Dónde creciste?"

"Al norte de Nueva York, en un pueblo pequeño… probablemente nunca hayas oído hablar de él. Pine Groove."

Ella negó con la cabeza.

"Chico de campo, ¿eh?". Carrie puso su mano quemada en el agua con hielo.

"Fácilmente trasplantado a la gran ciudad," contestó volviendo a la cocina.

"¿Vas a tu casa a veces?"

"En vacaciones," dijo levantando la voz para que así pudiera oirle mientras apagaba el horno y se sacaba los guantes de cocina.

"Tienes suerte."

"¿No visitas a tus padres?" preguntó él, sentándose en la mesa.

"Tienen vidas ocupadas. A veces voy por Navidad, pero viajar es un temazo."

"¿Y tu hermano?"

"Él pasa tiempo con ellos, no vive tan lejos y es maestro así que tiene tiempo."

Él notó un deje de tristeza en su voz. Una mujer con todos esos talentos y no estaba casada ni comprometida… ¿o si?

"No estás con nadie, ¿verdad?", el se sirvió más vino.

"¿Estaría saliendo contigo si lo estuviera?" ella lo miró a él.

"Espero que no."

"Estoy disponible, si esa es tu pregunta. No estoy viendo a nadie… a nadie regularmente." Ella tomó un sorbo del vino que había traído y sonrió con aprobación.

"¡Por la cocinera, larga vida y mucha felicidad!", brindó para después llevar la copa a sus labios.

Ella sonrió y bebió también.

"¿Entonces hay alguien más?", su cabeza se levantó levemente y sus ojos hicieron contacto con los de ella.

"No realmente. Estaba… umm… estaba. Tú no te pensarás que yo estaba en casa cada noche esperando tu llamada, ¿no?. Tuve uno o dos hombres en mi vida cuando te conocí.

"¿Y ahora?"

"¿Ahora?" ella se sonrojó.

"¿Los sigues viendo?" preguntó agitando la servilleta de tela y colocandola sobre su falda.

"En realidad… bueno…"

"¿Y?", preguntó él mirándola a los ojos.

"No," admitió ella, bajando su mirada hacia el plato.

"Bien. No me gusta compartir," dijo él tomando su primer bocado.

"¿Y tú?" preguntó ella mirándolo fijamente.

"Eres mi única mujer en este momento." El día anterior él había decidido no llamar a Mónica de nuevo. Y a Louisa tampoco. No estaba interesado en ninguna de las dos, de hecho, en ninguna mujer desde que había conocido a Carrie.

"¿Ahora?. Yo tampoco comparto," expresó ella, arqueando una ceja.

¡Vaya! ¡Esto ha ido por los pelos!. Nunca pensé que ella podría tener otro hombre.

76

"Está genial," dijo él, cerrando sus ojos, masticando la comida en su boca por algunos segundos.

"Si, ¿no?". Ella cortó la tierna carne con el lado de su tenedor, evitando no usar su mano lastimada.

"Dios, está más que bueno, está increíble. ¿Lo preparaste tu esto?"

"La receta secreta de mi madre," su sonrisa creció ampliamente.

¡Tiro al blanco!. Tiene las dos primeras de la lista, caliente.

Él se sintió nervioso y mareado, a medida que comprobaba cómo ella se aproximaba más a sus sueños. Nadie había llegado tan cerca desde hacía mucho tiempo. Parecía que encontrar una mujer que pudiera cocinar y crear un hogar con buen gusto era como encontrar un trébol de cuatro hojas. Se deleitaba con la comida, saboreando cada bocado.

Comieron en silencio por un rato, hasta que Carrie pasó su lengua por su labio inferior para chupar un poco de salsa. Grey miró su lengua y sintió cómo su pulso crecía. Ella miró a sus ojos, y luego descendió la mirada hasta sus labios. Ella se sonrojó cuando él le sonrió confirmando que se había dado cuenta y luego se concentró en la comida nuevamente.

Cuando terminaron, Grey se levantó para recoger la mesa.

"¿Cómo está tu mano?"

"Mucho mejor, gracias." dijo ella, mirando las quemaduras en la parte interior de su dedo.

"Quédate aquí. Yo limpiaré. ¿Quieres que los apile?"

Capítulo Nueve

Mientras ella observaba a Grey ir y venir de la cocina a la mesa, no podía quitar sus ojos de su ropa ajustada a su cuerpo en una simple camiseta deportiva y pantalones grises. Su chaqueta camel estaba colgaba detrás de la puerta delantera. Su corazón se derretía. Hacia tanto tiempo que nadie le había impactado tanto físicamente que no podía recordarlo. Él se estaba metiendo en su corazón demasiado deprisa. Con el estrés y la locura en el trabajo, lo último que necesitaba ahora era un enamoramiento. El amor requería esfuerzo, energía, depilarse las piernas con asiduidad, tiempo y atención que ella no tenía mientras su trabajo estaba en peligro.

Aunque ella lo intentaba, no pudo resistirse a Grey Andrews. Olvídate de la química, de su dulzura, generosidad y sentido del humor que son irresistibles. *No se puede olvidar la química.* Una vez que estuvo cerca de ella y la tocó de nuevo, ella sabía que caería en sus brazos, entregándose a él con entusiasmo. *Bueno, lo quiero. Esto es una locura, de remate. No hay tiempo para él ... pero le quiero.*

"Tenemos sorbete de limón de postre", dijo ella, levantándose mientras él se sentaba después de haber recogido la mesa. "¿Quieres café, también?"

Cuando ella pasó cerca de él, la detuvo poniéndole sus manos en la cintura y la atrajo hacia su regazo.

"El postre que quiero eres tu", le susurró al oído, deslizando su mano por debajo de su pelo, acercando suavemente su cara a la suya. Sus labios se cerraron sobre los ella en un beso dulce. Ella puso sus brazos alrededor de su cuello. Su lengua encontró la de ella y jugaron por un rato. La respiración de Carrie se aceleró mientras su mano izquierda se movía a lo largo del suéter de ella para rozar su pecho. Ella gimió en voz baja, con ganas de más.

Él acarició su pecho, encontrando su pezón y pasó el pulgar por encima de este, poniéndolo duro. Carrie se apoyó en él, animándolo a que continuara. Su mano derecha la rodeó por detrás de ella y deslizándose por debajo de su suéter. Él desabrochó su sujetador con una mano y luego volvió a su cintura mientras que la otra mano tocaba por debajo de su suéter primero y más tarde bajó el sujetador hasta que llegó a tocar su pecho desnudo. Ella se quedó sin aliento cuando su mano fría tocó su piel caliente.

"Lo siento", murmuró él, apartando sus labios de los de ella en un segundo.

Su mano siguió acariciando su pecho. Lo acarició, apretó... manoseó y rodeó su pezón. Sus labios abandonaron los de ella y se dirigieron a su cuello. Él la mordisqueó de camino hacía su cuello y por debajo de su pecho, mientras deslizaba lentamente el hombro de su suéter hacia abajo hasta que su pecho estuvo delante de sus los labios, que devoraban con avidez.

Carrie jadeaba ligeramente, pasándole su mano por el pelo, cerrando los ojos. El calor llenaba su cuerpo, la humedad se aunó entre sus piernas.

"Te deseo, Carrie," susurró él bruscamente.

Ella levantó la cara y lo miró a los ojos, con aire de deseo. Ella lo besó, moviendo su lengua en su boca, tomándole, presionando su cuerpo contra el suyo. Ella también lo deseaba, lo deseaba desde hacía semanas. Luego se echó hacia atrás.

"Hazme el amor", susurró.

"Con gusto," murmuró.

Él la levantó de su regazo. Ella tomó su mano y lo llevó hasta el dormitorio. Sacó el edredón de la cama y luego se giró hacia ella, estirando de su suéter hacia arriba y quitándoselo por su cabeza, deslizó su sujetador y lo sacó. Se detuvo para mirarla.

"Eres hermosa, increíblemente hermosa", dijo, mirando sus pechos.

Ella se sonrojó y luego se acercó a él y agarró su camisa. De un tirón la sacó de sus pantalones, luego la desabrochó y la apartó de sus hombros. Sus ojos se abrieron mientras miraban a su pecho. Una sonrisa se dibujó en sus labios mientras ella recorría con las palmas de sus manos sus firmes pectorales que estaban cubiertos con un fino bello castaño claro. Se estremeció cuando ella lo tocó, con las manos planas y moviéndolas cada vez más cerca de él.

"No está mal, no está mal en absoluto", murmuró, mirándole.

Él rió. "¿Es eso lo mejor que sabes hacer?"

"Magnífico... ¿mejor?", preguntó ella mientras deslizaba sus manos por su pecho y las unía alrededor de su cuello, presionando sus pechos contra él.

Él gimió ante la sensación de los pechos contra ella y asió el botón de sus vaqueros. Estaban desabrochados, bajó la cremallera en un instante pero como eran ajustados se los tuvo que sacar por sí misma.

"Tíralos, guapo", le dijo mientras se quitaba sus pantalones y lo veía desnudarse.

Se puso de pie frente a él con su ropa interior de encaje negro, moviendo los brazos sobre sus pechos, sintiéndose tímida de pronto. Él contuvo el aliento ante la mirada de ella y se acercó más, la rodeó con sus brazos y deslizó sus manos hasta su trasero y la acercó más a él. Presionó su dolorosa erección contra ella y un pequeño gemido de excitación escapó de sus labios. Ella besó su cuello y luego su pecho.

"Eres impresionante", le susurró al oído.

Ella deslizó sus manos por encima de su culo y lo apretó, luego lo atrajo hacia si. Grey deslizó sus manos por debajo de la cintura hasta sus bragas y las bajó, ahuecando las manos sobre su trasero desnudo. Él gimió en su cuello.

Ella empujó sus bragas hacia abajo por las piernas y las dejó en el suelo. Grey se inclinó y pasó sus dedos por abajo de sus caderas y la parte trasera de sus muslos, luego se trasladó hacia arriba y acarició suavemente su centro. Cuando los dedos se encontraron con su humedad, ella gimió y abrió sus muslos para él. Sus dedos jugaron con ella, acariciando, dando vueltas, deslizándose dentro de ella un poco y una y otra vez. Estaba temblando de deseo.

"Oh, Dios mío... tú...", balbuceó ella mientras sus dedos seguían acariciándola; su cabeza cayó inerte sobre su hombro, con sus ojos cerrados, ella se apoyó en él. Podía sentir el pulso de ella dando saltos, el calor emanaba de su cuerpo y crecía por la magia que generaban sus dedos en ella.

Grey se enderezó y la llevó a la cama. Se acostó primero y luego la atrajo suavemente a su lado. Empezó por besar sus labios y luego besó sus pechos mientras su mano se deslizó por su vientre plano y desapareció entre las piernas. Las piernas de Carrie se separaron dándole la bienvenida. Ella gimió suavemente mientras sus dedos exploraron su calor.

"Enséñame dónde tocarte", susurró él.

"Oh... lo estás haciendo bien", pronunció ella.

"Quiero complacerte, satisfacerte. Guíame ", insistió él.

Movió los dedos y cada acción recibía un feliz gemido de ella. Parecía que dondequiera que la tocara, ella disfrutaba. Luego el acertó perfectamente.

"¡Oh Dios mío! Ahí, ahí. Así, así..." ella respiró, arqueando la espalda, cerrando los ojos.

Grey sonrió mientras sus dedos le proporcionaban placer. La respiración irregular no le impidió a ella ir hacia abajo y envolver sus dedos alrededor de su erección. Ella lo acarició, sorprendida por la firmeza que tenía hasta que le hizo gemir.

"Para. para, ", gimió él, poniendo la mano sobre la de ella.

"¿Por qué?"

"Esto se terminará si no paras. Yo estoy... yo... oh, Dios ", gimió él en su cuello.

Carrie retiró la mano y se centró en lo que le estaba haciendo a ella mientras su pasión aumentaba y amenazaba con perder el control. Ella quería tenerlo dentro de ella.

"Grey... yo... yo voy a... a...," ella se paralizó.

"Ven a mí, cariño," le susurró al oído, los dedos desaparecieron de dentro de ella.

Sus palabras hicieron que sucediera mientras sus manos levantaban sus caderas, sus músculos se apretaron y ella dejó escapar un largo gemido mientras que el calor del deseo llenaba su cuerpo, disparado desde la punta de los dedos de las manos hasta los pies. Cuando sus caderas se relajaron, sintió el revoloteo dentro de ella. Jadeante, se volvió hacia él y lo besó en los labios suavemente, con dulzura, acariciándole. Su mano se acercó y se envolvió alrededor de su pecho mientras enterraba la cara en su cuello.

"¿Usas protección?"

"La píldora," susurró ella.

"Quiero verte... tocarte", respiró él mientras rodaba sobre su espalda y la guiaba encima de él. Ella se deslizó fácilmente sobre su erección, enterrándolo profundamente dentro de ella. Gimieron juntos mientras desaparecía dentro de ella, su cálida humedad lo envolvió, sus músculos lo apretaban suavemente. Él tiró de sus hombros hacia abajo hasta los suyos y atacó su boca con un beso agresivo, su lengua tomando la de ella, con las manos en su pelo. Cuando él la dejó volver a subir, su mirada fue a sus pechos y sus manos también, tuvieron libre acceso mientras él se movía de arriba hacia abajo, lenta pero constantemente.

"Eres... eres... casi demasiado... para mí", dijo como ahogándose.

Carrie empujó su pecho hacia él y sus manos continuaron acariciando sus pechos. Ella aceleró su movimiento de velocidad mientras gemía más fuerte. Finalmente, movió sus brazos alrededor de ella y la hizo rodar hasta que estuvo encima de ella. Él la bombeó con furiosa pasión, con la cara enterrada en su cuello, sus brazos preparados cuando captó el ritmo y se sacudieron a la par. Carrie arqueó la espalda cuando un segundo orgasmo reclamó su cuerpo. Agarró los hombros de Grey, cerró los ojos y se dejó ir, sus caderas se movían por su cuenta en sincronización con la suyas, con sonidos que salían automáticamente de su boca. Tan pronto como ella terminó, él llegó a su clímax con un fuerte gemido, empujando varias veces más antes de relajarse. Carrie sintió una fina capa de sudor en la espalda de él mientras ella pasaba los dedos hacia arriba y hacia abajo por su columna vertebral.

Sus ojos se cerraron, su peso se abalanzó sobre ella sin aplastarla. La exquisita sensación del contacto piel a piel se extendió por Carrie mientras sus ojos se cerraban. Un sentimiento de felicidad se apoderó de ella. Completamente satisfecha, le echó los brazos al cuello y lo besó en la mejilla.

"Increíble, Carrie, increíble", murmuró.

Ella murmuró algo incoherente y acarició sus hombros. Se quedaron acostados allí por un minuto o dos antes de que él la hiciera rodar y la tomara en sus brazos, con la mejilla apoyada en su pecho.

"¿Feliz?", preguntó él mientras le palmeaba la mejilla.

"¡Aja!."

"Bien", dijo, cerrando los ojos, sonriendo mientras su mano se deslizaba sobre su espalda y brazos.

Se quedaron acostados en silencio por un tiempo. Después de una media hora, Carrie se sentó.

"¿Café y postre en la cama?"

"Estoy lleno, pero el café suena muy bien", dijo, sentándose.

"Puedo ir a buscarlo," dijo ella, empujándolo hacia atrás en la cama.

"No con esa mano mala. Déjame ayudarte", le ofreció, levantándose y poniéndose los bóxers.

Carrie se puso un short sedoso rosa y caminó delante de él hacía la cocina.

* * * *

Mientras Carrie hacía el café, Grey lavaba los platos. Ella puso un poco de música, cogió un paño de cocina y secó. Una vez más de Michael Bublé, "Haven't Met You Yet " comenzó a sonar. Cuando Grey terminó, la tomó de la cintura y bailó con ella, girándola por la sala al ritmo de la canción.

Acercó sus caderas a las suyas y las movió al ritmo de la música. Ella apoyó las manos en su pecho desnudo mientras bailaban más lento, su entusiasmo iba creciendo.

Cuando la canción terminó, ella tiró de él para darle un beso apasionado, mientras sus manos se posaron en sus pechos. Su respiración se aceleró. Él la apoyó contra la pared cuando los besos se intensificaron. Grey deslizó su mano debajo de su short y entre sus piernas, sus dedos buscaban el punto dulce que encontraron antes. Ella se derritió y lo alcanzó, contenta de encontrarlo ya duro. Rápidamente él trabajó en un frenesí, masajeando, luego deslizando sus dedos dentro de ella.

"Oh, Dios... Grey!" ella gimió, acariciándolo.

"¿Me quieres?, le susurró, acercándose en su contra.

"Sí", gimió.

"Dilo, dilo, cariño, dímelo," murmuró, moviendo los dedos más rápido.

"Quiero que estés... quiero que estés dentro de mí... Llévame... *ahora*", jadeó.

Él tiró de la camisa de ella y la levantó por la cintura, poniéndola en la mesa.

"Estírate", ordenó.

Ella apoyó sus hombros contra la pared mientras él le ponía una mano en cada muslo y tiraba de sus piernas. Dejó caer sus canzoncillos, les dio una puntapié y luego se fue más cerca de la mesa, se colocó entre los muslos y se deslizó dentro de ella.

"Oh, Dios mío," gimió ella entregándose a la intensa emoción que él creó en su interior, mientras cerraba los ojos y apoyaba la frente en su pecho.

Con un brazo alrededor de los hombros y la otra palma sobre la mesa, la penetró con fuerza. Con cada golpe un pequeño sonido escapaba de sus labios. Él puso una mano en su cintura, manteniéndola inmóvil mientras golpeaba en su interior, con el sudor cubriendo su frente y pecho. Ella levantó las manos a su pelo y luego abrió los ojos, mirando directamente a los suyos. Su boca cubrió la de ella, su lengua tomó posesión de su boca.

La presión dentro de ella creció rápidamente. Él se inclinó un poco hacia atrás, mirándola fijamente a los ojos con una sonrisa maliciosa en su rostro mientras sus dedos la acariciaban, estimulando más allá de lo soportable. Sus ojos se cerraron cuando cada músculo de su cuerpo se tensaba, aquietados, luego liberados y el placer puro inundaba sus venas. Cuando abrió los ojos lo encontró mirándola.

"Eres hermosa cuando estás..." comenzó, pero no terminó. Él gruñó y cogió el ritmo, empujando más duro hasta que explotó en su interior terminando en un largo gemido.

El silencio de la habitación sólo lo rompía su respiración densa ya que la música había terminado. Ella se inclinó hacia él con un suave, dulce y cariñoso beso.

"Eres increíble", murmuró en su boca.

"Eres muy... sexy... sensible", remarcó él.

"A ti... a ti... ¡oh, bebé!," ella suspiró, cerrando los ojos.

Envolvió sus brazos alrededor de ella y la abrazó, sosteniéndola cerca. Le acarició el pelo mientras sus manos se deslizaban arriba y abajo por la espalda.

Finalmente se separó de ella, recuperó sus calzoncillos, luego tomó su short y la ayudó a ponérselo de nuevo. Grey fue a la cocina y regresó al salón con dos humeantes tazas de café. Se sentaron en uno de los sillones, pusieron sus pies sobre la mesa de café y vieron como el fuego agonizaba en la chimenea.

Carrie se acurrucó y apoyó su cabeza en el hombro de él. Él puso su brazo alrededor de ella y tomó un sorbo de café.

"Tu sabes todo de mí, así que vamos a hablar de ti," comenzó ella.

"¿Todo? Lo dudo. "Él le acarició el pelo.

"Tal vez no todo, pero más de lo que yo sé de ti, si. Si quieres tener una familia... niños y todo, ¿cómo es que no estás casado?. ¿Has estado casado alguna vez?. ¿Tú tienes treinta y cuatro, ¿no? "

"¡Ey! ¡Una a la vez! ", dijo, levantando su mano.

"¿Tienes treinta y cuatro y nunca te has casado?" Carrie agregó más azúcar a su café.

"Correcto". Él posó su mano en el hombro de ella.

"¿Cómo puede ser?". Ella se enderezó y lo miró directamente a los ojos.

"Pasé diez años trabajando como un desgraciado, ahorrando cada céntimo, invirtiendo para llegar donde estoy ahora."

"No es una respuesta."

"Esperando a que la mujer adecuada llegara," respondió.

"¿No la has conocido aún?", dijo.

"Bueno..." se sonrojó y apartó la mirada de ella, dirigiendo su mirada hacia el fuego.

"No la has conocido sino tu estarías casado o por lo menos comprometido ya, ¿verdad?"

"Supongo... es complicado."

"No lo entiendo, ¿por qué?"

"Confía en mí, lo es." Dirigió su mirada a la ventana, viendo un gorrión posarse en una rama de un árbol.

Ella se encogió de hombros. "Cuando la encuentres, ¿lo sabrás?.¿Entonces te casarás?. "

"Sí. ¿Y tu?, nunca te has casado... " se giró para mirarla.

"Yo no he dicho eso." Ella se movió en el sofá, tirando de él ligeramente.

"¿Has estado casada... y soltera a la tierna edad de veintinueve años?"

Ella asintió.

"¿Quieres contármelo?" Grey entrelazó sus dedos con los de ella, sus ojos la buscaban.

Ella negó con la cabeza. "Es una historia antigua, fue hace más de tres años." Carrie tomó un sorbo de su café.

"Lo entiendo, es complicado, ¿no?". Una sonrisa triste apareció en sus labios.

Ella rió.

"No me importa el pasado. Estoy aquí contigo ahora y eso es todo lo que me importa", dijo él, atrayéndola más cerca, inclinándose para darle un dulce beso en la punta de su nariz.

"Yo igual. ¿Quieres un albornoz de baño? Hace frío aquí", dijo ella levantándose.

"Dudo que tengas uno de mi tamaño," se rió él entre dientes.

"Sí tengo", dijo, tomando dos albornoces de baño de la habitación. Le tiró uno azul a él y ella se puso uno rosa.

Grey miró el albornoz y luego la miró a ella.

"¿Invitas a tantos hombres a dormir que compraste un albornoz?"

"¿Y qué te importa?"

"Quiero saber dónde me estoy metiendo", respondió, poniéndose el albornoz.

"No creerás que soy célibe, ¿verdad?"

"No había pensado en ello."

"Tengo... necesidades, igual que tú. Apuesto a que has pasado diez años durmiendo con todas las mujeres que has conocido".

Ella vio el calor subir a las mejillas de él.

"Es lo que pensaba. ¡Un hombre no llega a ser tan experimentado tan solo de la lectura de un libro o viendo porno! "

"¿Y tú?", preguntó.

"Una mujer nunca lo cuenta. No soy una puta, pero tengo deseos... sanos… necesidades... como quieras llamarlo. Mi pasado... dijiste que no te importaba el pasado. Es el presente contigo lo que cuenta ", dijo ella, deslizando sus brazos alrededor de su cintura.

"Suena justo", dijo él, besándola.

"Bien. Vamos a dormir un poco ", dijo ella, esparciendo las brasas humeantes en la chimenea y tomando luego su mano.

"¿Voy a pasar la noche?"

"¿No quieres?"

"Intenta echarme", dijo, tirando de ella para darle un abrazo y un beso.

Ella se apartó, apagó las luces del salón y lo condujo al dormitorio donde ella le dio un cepillo de dientes nuevo que sacó del botiquín.

"¿Esto también?. Estás realmente preparada para los visitantes nocturnos".

Ella se sonrojó.

"Me gusta que mis hombres estén cómodos."

"Cariño, si llegara estar aún más cómodo, ya viviría aquí", murmuró en su oído y luego besó en el cuello.

* * * *

El teléfono de Grey sonó y de mala gana se alejó de Carrie para responder. Jenna.

"¿Qué pasa?", le preguntó.

"Nada. Llamaba para ver de que modo tu nueva candidata se adapta a tu lista de requisitos ", bromeó.

"Jenna, este no es momento para una pregunta como esa."

"¿Es este un maaaal momento?", dijo, riendo, "¿Acaso te pillo en medio de... eso?"

"No exactamente." dijo Grey, manteniendo la cabeza baja, mirando al suelo.

"Pero estás con ella, ¿verdad?"

"Sí."

"Y no puedes hablar."

"Cierto." No podía evitar mantener una nota de exasperación en su tono.

"Ah, bien. Te tengo justo donde quiero. Entonces, ¿llegaste a los *tres* elementos de la lista con ella?" Jenna se rió en el teléfono.

"No voy a responder a esa pregunta", dijo, dando la espalda a Carrie mientras sentía el calor en sus mejillas. "Ah, ya veo. ¡Así que lo has hecho! Bueno, bueno, ¿cómo fue? "

"¡Jenna!"

"Vamos, puedes decirme... ¿genial, fantástico, terrible?. Después de todo, tú eres el que me preguntó si yo hago rogar a mi marido por sexo ".

"Adiós, Jenna. Nos vemos en unas semanas."

"¡No! ¡Espera! Está bien, está bien. Sólo dime si todo va bien. ¿Es... podía ella ser... la indicada? "

"Podría ser. Te tengo que dejar ", dijo y colgó el teléfono, ansioso por alejarse de la curiosidad de su hermana.

"Toda una conversación críptica al teléfono con tu hermana... ¿Es realmente tu hermana?"

"No creerás que era otra mujer, ¿verdad?"

"¿Lo era?" ella ladeó la cabeza y plantó los pies con firmeza.

"¡Absolutamente, no!.¿Quieres que la llame de nuevo para que puedas hablar con ella? "

"No, no. Te creo," dijo Carrie, levantando sus manos en alto.

"Bien."

"Entonces, ¿qué eran todas esas respuestas de una sola palabra?"

"Jenna es entrometida, eso es todo."

"¿Entrometida en qué?". Carrie se sentó en la cama con las piernas cruzadas.

Grey vaciló y miró hacia sus manos y luego a los ojos de Carrie.

"Sobre ti", admitió.

"¿Yo?. ¿Jenna sabe de mí?. ¿Por qué?, ¿cómo?, ¿yo?, ¿en serio?". Carrie se enderezó en la cama y tosió dos veces.

Él asintió con la cabeza.

Ella se sonrojó y se calló. Había un denso silencio en la habitación.

"¿Tu familia sabe de mí?", repitió.

"¿Debería ser un profundo y oscuro secreto?"

"Supongo que no."

"Soy íntimo con mi familia. Hablamos... a menudo. ¿Es eso un problema?.¿Nunca hablas de los hombres con quien estás saliendo con tu familia o amigos?"

"Yo no he dicho eso."

"Oh… Entonces *sí* hablas de hombres. ¿Hablas sobre mí? "

Ella negó con la cabeza, luego se detuvo.

"Bueno, tal vez les he hablado de ti a mi tía... una o dos veces y a mi amiga Rosie en la oficina."

"Y yo le he hablado de tí a Jenna. Estamos a la par."

"¿Por qué?"

Grey se acercó más a ella nuevamente, tirando de ella hacia arriba de la cama y en sus brazos.

"Porque eres especial, Carrie", confesó, cerrando los ojos.

* * * *

Carrie le sonrió, luego desapareció en el cuarto de baño. Grey entró cuando ella salió. Abrió la puerta para encontrarla en la cama y con las luces tenues. Se metió al lado de su cuerpo desnudo y se acurrucó detrás de ella, haciéndole la cucharita.

"Revisé mi teléfono mientras estabas en el baño."

"¿Alguna llamada importante que te hayas perdido mientras estábamos haciendo el amor?", susurró, besando su hombro.

"Un mensaje."

"Ah, ¿sí?" le preguntó, sentándose y mirándola.

"De Paul Marcel. Quiere publicar mi libro."

"¡Eso es fantástico!. Felicidades, Carrie," dijo, inclinándose para besarla.

"Tú no tienes nada que ver con eso, ¿verdad?", preguntó ella, rodando hacia él.

"¿Yo?. De ninguna manera. Son negocios. No importa lo mucho que me gustes, no puedo influir en decisiones editoriales, qué libros publicar. Esas decisiones son estrictamente de Paul. No te ofrecería un contrato a menos que él piense que el libro se va a vender bien... Estoy orgulloso de ti."

Ella le sonrió. Volvió a su posición de cucharita contra ella. Ella se volvió para darle el beso de buenas noches, luego él la envolvió entre sus brazos y se quedaron dormidos.

Capítulo Diez

Fueron inseparables desde la primera noche que durmieron juntos. Se quedó al día siguiente e hicieron el amor tres veces más. Al siguiente fin de semana, habían estado juntos tres de cinco noches. Grey dejó su propio cepillo de dientes en el baño de Carrie y ella cuando llegaba a casa del trabajo tarde encontraba, comida caliente, su cálida compañía y uno de los expertos masajes de pies de Grey.

Era un martes, un día lento para Grey. Se detuvo en Zabar´s de camino hacia el apartamento de Carrie. Hacia un día agradable, caminaba sin prisa, pasó por el peculiar sótano de libros de segunda mano difíciles de conseguir, Filene, varias tiendas pequeñas, y una tienda de Deli de camino hacia 78th Street.

Dobló la esquina de su apartamento, con los brazos cargados de golosinas de Zabar´s, salmón escalfado frío, enormes camarones del golfo cocinados con salsa de cóctel, verduras a la parrilla y un pequeño pastel de queso de David para el postre. Subió las escaleras silbando "I Can't Smile Without You ", con una gran sonrisa en su rostro. Cuando dejó la compra y apoyó su mano en el picaporte, la puerta se abrió, estaba semiabierta. Sorprendido, Grey retrocedió, dejó caer sus bolsas y se preparó para la batalla con un intruso.

Cuando no oyó nada, empujó la puerta con el dedo, manteniéndose alerta y listo para que alguien se abalanzara sobre él, cuando una voz salió del apartamento. Una voz femenina.

"¡Pon tus manos sobre tu cabeza o disparo!"

Grey hizo lo que la voz ordenó y cruzó lentamente el umbral de la puerta, escaneando la habitación con sus ojos. En la esquina, al lado de la ventana abierta frente a la escalera de incendios, preparada para una salida rápida había una mujer atractiva de unos cincuenta años. Tenía el pelo castaño rojizo oscuro, corto y elegantemente peinado. Su maquillaje estaba aplicado magistralmente la rejuvenecía unos cinco años más o menos. Iba vestida con ropa cara y de gusto excelente, llevaba un vestido de seda de Armani estampado color marrón claro que cumplimentaba su tez blanca. Sus largas uñas estaban esmaltadas en un color rosa oscuro y sus zapatos de tacón alto eran de piel de serpiente de color marrón profundo. Ella apuntaba a Grey con una lata de gas pimienta. Su mano temblaba ligeramente, ella se quedó firmemente posicionada.

"¡Lo digo en serio!" dijo ella enderezando el brazo, dirigiendo el pulverizador a los ojos de él.

"No lo dudo. Estoy aterrorizado. ¿Me veo como un ladrón?." Grey trató de mantener la sonrisa de la cara.

"La mayoría de los hombres que conozco que se visten con Brooks Brothers no se meten en los apartamentos, pero uno nunca se sabe", dijo ella, sin moverse de su lugar.

"¿Puedo preguntar quién es usted?", preguntó, bajando los brazos hasta que ella le indicó que los levantara de nuevo agitando la lata de gas pimienta hacia él.

"Soy Delia Tucker, la tía de Carrie. Pero la pregunta es ¿quién eres tú? "

"Soy Grey Andrews, su... ah... eh... novio", dijo, haciendo una mueca ante la palabra inadecuada.

"Tu eres su nuevo amante, ¿no?". Una lenta sonrisa se extendió por la cara de Delia.

Grey se sonrojó ante el término íntimo y asintió con la cabeza. Delia bajó su arma.

"Supongo que entonces no hay problema," dijo ella, tapando la pequeña lata de gas pimienta y metiéndola en su nuevo bolso de Gucci.

Grey fue a buscar las bolsas con la compra, entró en el apartamento y cerró la puerta. Cuando se giró, Delia lo estaba mirando fijamente.

"Mmm, chaqueta Brooks y pantalones tal vez L.L. ¿Camisa Bean? Mocasines de Gucci, los puedo identificar donde sea", dijo ella, mientras se dirigía a uno de los asientos para sentarse.

"Discúlpeme un momento", dijo Grey yendo a la cocina para desempaquetar la comida y guardarla.

Delia fue hasta la barra de la cocina.

"Ya que estás aquí, ¿sabes cómo se hace un Cosmo?", preguntó levantando sus pestañas cargadas de rímel para agrandar sus ojos.

"Sí, sé. ¿Hay los ingredientes en casa? "

"Probablemente no, este armario es demasiado pequeño para guardar muchas cosas", dijo Delia, hurgando en el mueble donde Carrie guardaba los licores.

"¿Puedo prepararte otra cosa?", preguntó Grey, tomando dos vasos altos.

"Hace calor... ¿...y un vodka con tónica?, ¿hay limas?."

"Sí, hay. Compramos ayer. A mi también me encanta el vodka con tónica." Grey abrió la nevera y sacó una lima.

Delia dio se apartó para que Grey pudiera pasar. El sacó las botellas necesarias y un poco de hielo. En cinco minutos le sirvió a Delia un vaso escarchado y la dirigió de nuevo al salón.

"Delia... Carrie me ha hablado de ti, pero no me ha contado mucho..."

"Quizás es porque vosotros dos no habláis mucho," ella sonrió.

Grey miró su copa y el calor aumentó en su garganta.

"¡Venga... somos familia!. ¡Sólo bromeo!. Ella me ha contado mucho acerca de ti. Soy su tía, estuve casada con su tío, el difunto Jackson Tucker durante veintidós años. He estado viuda cinco años. "Los ojos de Delia se empañaron y dirigió su mirada hacia la ventana.

"Lo siento."

"He estado en el negocio de la moda durante toda mi vida. Mi matrimonio fue maravilloso pero no tuvimos hijos. Ahora tengo a Carrie. Es mi sobrina pero para mí es como una hija... especialmente desde que sus padres están tan lejos ".

"Me alegro de que Carrie tenga familia cerca..."

"Y quiero decirte... si le rompes su corazón... si te metes con ella, te metes conmigo, también", dijo Delia, sus ojos brillaban con la mirada.

Grey rió tan fuerte que casi tiró su bebida.

"¿Por qué piensas que voy a romperle el corazón?"

"Eres un hombre, ¿no?" Delia entrecerró los ojos.

"¡Ah!"

"Quizás esté siendo un poco extremista pero quiero mucho a Carrie. Es una gran chica."

"Lo es. ¡Es magnífica!." Él tomó otro sorbo de su bebida mirando a los ojos de Delia.

"Entonces, ¿por qué estás aquí, a esta hora y qué le has traído?" preguntó, cruzando sus largas piernas.

"He traído comida como lo hago casi todas las noches estos días. Te invitamos a que cenes con nosotros... ¿Te gusta el salmón frío y los camarones?"

"¡Me encanta!. Vi la bolsa de Zabar´s. ¿Siempre le traes comida? "

"Está trabajando mucho en un proyecto especial de la agencia. Como yo normalmente salgo temprano, a menos que tenga un algo pendiente... me ocupo de alimentarla", explicó él, terminando su bebida.

"¡Qué suerte tiene de tenerte!. Me encantaría quedarme a cenar con vosotros pero tengo que irme. Debo asistir a la inauguración de una galería de arte. Quería llevar a Carrie conmigo... está trabajando mucho pero estoy segura de que estará mejor aquí contigo."

"Tal vez debería acompañarte...", dijo él, tratando de ser diplomático.

"Tonterías. Se lo pasará mejor aquí contigo. He oído que haces masajes en los pies", dijo Delia, abriendo los ojos totalmente para mirarlo.

Grey disimulo su vergüenza que aumentaba llevando su vaso al fregadero.

"¿Otra copa?" preguntó él, ignorando deliberadamente su comentario.

"No, una es suficiente. En la inauguración también habrá alcohol.", dijo ella, bebiéndo el resto e inclinándose para devolver la copa.

Grey miró su reloj.

"Carrie llegará en media hora. El tiempo suficiente para preparar y tener todo listo " dijo, bajando algunos platos del armario y llevándolos a la mesa del pequeño comedor de Carrie.

"Realmente, tienes la cena para ella preparada, ¿no?"

"Si."

Delia se levantó y se dirigió hacia la cocina.

"Déjame colocar los manteles", dijo.

* * * *

A las ocho y cuarto, Carrie giró el pomo de la puerta de su apartamento y entró llevándose una sorpresa, al ver a su tía y Grey hablando y riendo como viejos amigos.

"Me tengo que ir...", dijo Delia, mirando su reloj Movado.

"Pensé que te quedabas. Pusimos la mesa para tres." Grey puso su mano en el brazo de Delia.

"Tres son multitud."

"Quédate, Delia. Nunca puedo verte ", dijo Carrie, robando una mirada a Grey.

"Si, por favor, ¡venga!, lo digo en serio." Grey insistió, tirando de ella hacia el apartamento por el codo.

"Bueno, me has torcido el brazo", dijo Delia sonriendo ampliamente mientras se dirigía hacia el sofá. "Me queda un poco de tiempo para otro pequeño trago."

Capítulo Once

Grey entró en su oficina temprano para revisar su correo electrónico. No había trabajado mucho. Al día siguiente era el uno de noviembre y decidirían en que nuevos proyectos iban a invertir hasta Enero. La investigación continuaba pero podía holgazanear en alguno de ellos. Su socio, John Whitaker y su esposa, Renée, siempre iban al Caribe durante el mes de diciembre. Y las dos primeras semanas de Enero eran frenéticas con la presentación de investigaciones a cargo de Max y Susan, John y Grey digeriendo toda la información y decidiendo en que compañías centrarse.

Pero ahora, ahora tenía tiempo para Carrie. El se divertía cuidando de ella y su ánimo se exaltó. Se reclinó en su silla. Abrió su café de Starbucks mientras examinaba el correo acumulado en su escritorio. Tomó un sobre grueso y pesado. Era una invitación.

Lo abrió y vio su invitación anual a un evento de recaudación de fondos en el American Museum of Natural History. Grey era consejero y fundador de una organización benéfica que estableció con sus tres mejores amigos de la universidad. Se llamaba "Fundación Cuatro Jinetes". Cada miembro tenía que aportar 100.000 dólares cuando se convertía en fiduciario. Anualmente se esperaba una la recepción de una aportación de 20.000 dólares a la fundación. Grey invirtió dinero y cada año donaban 40.000 dólares a varias organizaciones benéficas. Así que todas las organizaciones sin ánimo de lucro los invitaban a sus eventos recaudatorios de fondos.

El acto del Natural History Museum era su favorito y al único que los cuatro jinetes siempre asistían. Golpeó la invitación contra su mano mientras pensaba. ¡Era el sitio perfecto para que Carrie conociera a sus amigos de un modo informal. Mientras sonreía. Perfecto. Cuando Susan llegó, él dijo que fuera a su despacho.

"Quiero confirmar mi asistencia a esta invitación del Museo. Sé que hemos pasado la fecha límite, pero ... "

"Ya lo hice, Sr. Andrews."

"¿Ah, sí?"

"Siempre va a ese evento y asumí, naturalmente, que este año también lo haría. Ha estado tan ... eh ... ocupado con otras cosas que me encargué de registrarle ... con acompañante. Supongo que será la Sra. Tucker "

"Ese es mi plan. Tener esa previsión es digno de un aumento, Susan," comentó Grey riendo.

"¿Se lo puedo presupuestar?", replicó ella, sonriendo.

Susan salió de su oficina y Grey tomó el teléfono para llamar a Carrie.

"Mañana por la noche hay una gran fiesta en el Museum of Natural History. Es un evento para recaudar fondos que se celebra cada año. ¿Te gustaría venir? "

"Mañana, miércoles, ¿no?. Déjame ver."

Se hizo el silencio a través del teléfono durante unos minutos.

"¿Está bien si no llego hasta las ocho o más ó menos?"

"Por supuesto. Dime a que hora vendrás y te envio un coche. Nos encontramos directamente allí".

"Perfecto. Déjame ver si puedo convencer a Dennis. Hasta luego, cariño. "

Gris empujó hacia atrás su silla, puso los pies sobre la mesa y miró por la ventana. ¿Puede ser mejor la vida?

* * * *

Grey flotaba en el aire. Carrie lo necesitaba tanto como él a ella, completaba su lista. No podía cansarse de ella. Esperar tanto tiempo hasta encontrar a la mujer adecuada había sido una agonía y ahora la tenía, quería estar con ella todas las noches. Por las noches, durante la semana, salía del trabajo a las seis para ir a su apartamento y preparar la cena, o llevarla preparada. Cuando Carrie llegaba por la noche tarde, él estaba allí para masajear sus pies, ofrecerle lo que le había preparado y hacerle el amor. Su corazón daba un brinco cada vez que la expresión de cansancio reflejada en su cara cambiaba en una sonrisa al abrir la puerta y ser recibida con un beso.

Grey estaba enamorado, locamente enamorado y había planeado llevar a Carrie el fin de semana a las montañas para ver los cambios de colores junto con Jenna y Bill en una cabaña alquilada. Cogió el teléfono y llamó a Jenna. Necesitaba hablar con ella para confirmar el plan del fin de semana y contarle la idea que había tenido para el día de Acción de Gracias.

"Jenna, ¿estás lista para un viaje a las montañas?", preguntó Grey cuando ella contestó el teléfono.

"¿Por qué has esperado hasta que vaya a hacer tanto frío?" se quejó Jenna.

"Será perfecto. Excelente clima para acurrucarse ... ó ¿ya no hacéis eso Bill y tú ahora que ya estáis casados? "

"¡No te incumbe!. Y dime, ¿cómo va el tercer punto de la lista con Carrie? "

"¿Si de verdad lo quieres saber, te lo cuento. Carrie es ... "

"¡Suficiente! ¡Para!. Demasiado información, Grey, Demasiado... "

Rió al teléfono.

"Entonces, ¿cómo va todo el tema con ella? ", preguntó Jenna.

"La he invitado para Acción de Gracias," anunció Grey.

"¿Qué?"

"Lo que te digo. Vendrá con nosotros ... espero."

"Nunca habías invitado a una mujer al día Acción de Gracias antes. Debe ser bastante buena en el tercer punto de la lista de matrimonio, ¿eh? "

"Te lo quise contar pero no me dejaste ..."

"Y todavía no quiero. ¿De veras vas a traerla por Acción de Gracias?"

"Eso es lo que dije. ¿Te estás quedando sorda? "

"¿Se lo has contado a mamá y papá?"

"Aún no. Se lo iré contando poco a poco ... "

"¿Estás bromeando?. Es demasiado bueno para perdérselo. Quiero estar presente cuando lo hagas ".

"No te voy a decir cuando les llamaré."

"¡Ay!, vamos, Grey."

"¿Te enfadas?. Soy inmune," se rió entre dientes.

"No solías serlo."

"Yo por entonces era ingenuo. Ahora sé que lo haces para manipularme. En este momento ya no funciona tu táctica. Deja de entrometerte, Jenna." Grey empezó a pasearse por su despacho.

"Está bien, está bien. Pero me contarás su reacción, ¿no?"

"Dirán, ¡qué bonito, Grey!. Nos encantaría conocerla", dijo, imitando la voz de su madre.

"Sí, pero sabes que se va a morir. Al minuto que salgas de la habitación ella muy probablemente se sorprenderá ... igual que papá. "Ya es hora de que nuestro hijo se estabilice... ". Como si lo estuviera oyendo."

Grey rió.

"Quiero ver como rompes tu lista de matrimonio, Grey, quiero comprarme un vestido para tu boda."

"Estoy en ello, no me presiones."

"Bill ha llegado. Te tengo que dejar."

"¡Oh!, ¿es le momento para el tercer punto de mi lista? " se rió.

"Eres imposible. Adiós ", dijo Jenna y colgó el teléfono.

* * * *

Carrie tomó su bolso, el abrigo y corrió hacia el ascensor. El coche de Grey estaría esperando fuera. Entró y lo llamó. El ruido de fondo de la fiesta hacía difícil entenderse y salió a la calle.

"¿Ya estás en el coche?"

"Sí, nos vemos pronto."

"Bien. Los otros tres Jinetes ya están aquí y quiero que los conozcas".

"¡Oh, no! ¿Los Cuatro Jinetes juntos? "

"Siempre nos reunimos en esta fiesta. Quiero que te conozcan".

"Entonces tengo que cambiarme. Necesito que el chófer me lleve a mi apartamento primero. No me tardaré mucho. No puedo aparecer con este aspecto ".

"Pero Carrie, estoy seguro que tu…"

Ella colgó el teléfono y se inclinó hacia delante sentada.

"Chófer. Tenemos que parar en un lugar antes de ir al museo ".

Le indicó al chófer la dirección y luego se echó hacia atrás mientras hacía un inventario mental de lo que tenía disponible que estuviera limpio y planchado.

La limusina oscura avanzaba por la entrada adoquinada debajo del gigante arco de piedra de color rosa que conduce al Museum of Natural History. La rotonda anterior al arco estaba llena de setos perfectamente podados, caléndulas plantadas en grupo y zinnias en colores otoñales anaranjados y dorados.

109

Grey se paseaba por delante de la entrada lateral del museo en la calle 77th cuando el coche llegó. Se acercó y abrió la puerta.

"Carrie, pensaba que ...", entonces se detuvo y simplemente la miró fijamente.

Llevaba un fino vestido de punto de cachemira de color crema, forrado. El vestido era de manga corta y con un escote revelador y que se adhería como una segunda piel. Adornaba su cuello con un collar de cadena gruesa en oro. En la muñeca llevaba la pulsera a juego que tintineaba con otra. Pendientes pequeños de aro en oro que se hicieron visibles cuando se apartó su lujoso el pelo. Los zapatos con tacón de aguja color anaranjado oscuro la acercaban a la altura de Grey, pensó que aún le pasaba seis pulgadas a ella. Sus pestañas maquilladas gruesamente con rímel, un toque de colorete y un color coral en los labios eran todo el maquillaje lucía. Una pequeño bolso de mano color naranja oscuro y una capa de tafetán color marrón chocolate oscuro completaban el atuendo. Grey estaba con la boca abierta. Carrie le sonrió y cerró la puerta del coche.

"¿Llego tarde?, preguntó, moviendo sus ojos.

"¡Dios mío!" murmuró él cuando recuperó el aliento.

"¿Qué?", preguntó ella, fingiendo no saber a lo que se refería.

"Estás ... estás ... increíble. Increíble, Carie ".

Ella le dio un beso en la mejilla y luego unió su brazo al suyo y se dirigieron hacia la puerta. Accedieron por la entrada principal decorada con los bustos de los fundadores del museo en bronce.

110

Se podía oír las risas y tintineo de copas lejanas de la sala de exposiciones donde se celebraba la fiesta.

"¿Es por aquí la fiesta?", preguntó ella, siguiendo los sonidos festivos.

"Increíble", repitió mientras se reía.

* * * *

El museo suele celebrar sus fiestas en la gran sala de exposiciones sita en la primera planta. Las exposiciones, normalmente en vitrinas de cristal, estaban alineadas a las paredes, dejando un pasillo central largo completamente libre. Las mesas con comida y bebidas se hallaban colocadas en cada extremo lo que permitía a los asistentes mezclarse y pasear, charlando, mirando a los elementos en pantalla y reponer sus bebidas y recargar sus placas en el otro lado. A menudo exhibían una película de su progreso en nuevas exposiciones en su teatro IMAX por lo que los grandes contribuyentes pudieran ver dónde iba su dinero.

Los tacones de Carrie sonaban en el brillante suelo de mármol oscuro y pulido mientras se dirigía hacia la comida. Del brazo de Grey, los otros tres jinetes no podían dejar mirarla. Will, Spence y Bobby estaban hablando y riendo mientras Spence espiaba a Grey y Carrie. Dejó de hablar y miró a Carrie que se acercó, le dio un codazo a Will que estaba a su derecha. Will y Bobby se giraron para ver que estaba viendo.

"Carrie, estos son Spence, Will y Bobby ... los otros tres jinetes. Chicos esta es Carrie Tucker ".

Los hombres murmuraron saludos mientras sus ojos recorrieron a Carrie de arriba a abajo, mirándola de tal forma que parecía más que estaba en un bar que conociendo a los amigos de Grey. Se cambió de lugar un poco incómoda. El la tomó acercándola un poco a él. Spence tomó la mano de Carrie y la llevó hasta el bar.

"Dime, Carrie. ¿Cuánto tiempo hace que tu y Grey estáis ... juntos? "

"Unos meses, creo."

"¿Dónde la has estado escondiendo, Grey?" preguntó Will.

"¿Hace unos meses?. ¡Ya!. Entonces seguro que cumples todos los requisitos de la lista", dijo Spence, dejando caer su mano.

"Grey no pasa tanto tiempo con nadie que no pase esa prueba ...", dijo Bobby.

"¡Chicos, chicos!, no la agobiéis ", dijo Grey, tomando su mano mientras la separaba.

"¿Lista?", preguntó Carrie, con sus cejas levantadas mirando a Grey.

"No sé de lo que está hablando. Vamos a por algo de comer. Me muero de hambre", dijo Grey, tomando el codo de Carrie con la mano.

Grey condujo a Carrie a la mesa donde estaba la comida, lejos de los otros jinetes. Le presentó a la Responsable de Desarrollo del museo, Lila Samuels.

"¿Grey me dijo que trabajas en publicidad?. A nosotros nos vendría bien un poco de ayuda en la promoción vacacional de recaudación de fondos. Este año tenemos objetivos más altos que alcanzar".

"¿No tienen una agencia?"

"Somos una cuenta gratuita, Carrie. Nuestras agencias trabajan de forma gratuita. A veces eso no nos beneficia. No creo que ellos inviertan suficiente tiempo en nuestras peticiones".

"Estaría encantada de reunirme contigo para almorzar y tener un intercambio de ideas".

"¡Eso sería fabuloso!"

Mientras las mujeres estaban ocupadas coordinando sus agendas, Grey se reunió con sus amigos.

"Oye, ¿quién te dijo que tenías que mencionar la lista?", preguntó a Spence.

"Lo siento, chico. ¿No sabía nada acerca de la lista? ", respondió Spence.

"¿Tu le explicarías a una chica lo de tu lista?"

"¡Diablos!, no. Pero yo nunca he tenido una lista", dijo Spence, levantando su copa de vino para dar un sorbo.

"Tal vez serías más feliz si la tuvieras," Grey le disparó.

La sonrisa desapareció de la cara de Spence. "¿Estás insultando a Susan?.¿Quieres que vayamos fuera y me lo dices otra vez? ", dijo Spence con ira intermitente en sus ojos.

"No me refería a eso, vamos a olvidarlo, Spence. Siempre te quejas de ella. Tal vez si hubieras tenido una lista, tendrías todo lo que deseas en una mujer ".

"Estás loco", dijo Spence alejándose de su amigo.

"¿Ah, si?. Tengo todo lo que quiero con Carrie ".

Los tres hombres se detuvieron. Will y Bobby le sonrieron.

"Es cuestión de tiempo. ¿Para cuándo es la gran boda? "preguntó Will.

"No se lo he pedido todavía."

"¿Por qué no?" Bobby hizo girar su copa de vino vacía.

"Es muy reciente. Pensaba esperar hasta las vacaciones, para asegurarme ", dijo mientras un rubor se arrastraba hasta su cuello.

"Sin rencor, Grey. No sabía que ibas tan en serio", dijo Spence, extendiendo su mano.

"Lo mismo te digo. Susan es genial. Guardar la lista de cosas para vosotros, chicos ", dijo Grey, estrechando la mano de Spence.

"Si querías que fuera un profundo y oscuro secreto, no deberías habérselo contado a Bobby y Spencer," rió Will entre dientes.

"Tienes razón", dijo Grey, sonriendo.

"¿Le has presentado a tu familia?", preguntó Bobby, dandóle al camarero el vaso vacío para que lo llenara.

"Nos vamos un fin de semana con Jenna y Bill. Pensé en invitarla para celebrar el Día de Acción de Gracias ... "

"¿Acción de Gracias? Vaya, esto va en serio ", dijo Will, levantando las cejas.

"El santo Andrews Acción de Gracias poseído por un extraño. Tus padres van a flipar", dijo Spence.

"Probablemente. Tengo que estar seguro antes de meterla en la boca de lobo ", confió Grey.

"¿Por qué no te esperas otros diez años, Grey, para poder estar absolutamente seguro? "Shhhhh,".

Bobby sonrió.

"La familia ... es la prueba definitiva. ¡Jolínes!, cualquier mujer como ella ... nos gusta, ¿no?. Pero tu familia ..., es diferente. ", dijo Spence.

Todos asintieron.

"Mi madre estará feliz que tenga dos brazos, dos piernas y respire. No debería ser un problema, " bromeó Grey.

"¿Quién respira?", preguntó Carrie, acercándose por detrás a Grey.

"Tú, cariño", comentó Grey, con un poco de rubor en sus mejillas. Pasó su brazo alrededor de su cintura y esperó que sólo hubiera oído eso de la conversación.

"¿Qué me dijiste que hacías para ganarte la vida, Carrie?", preguntó Will mientras llevaba su copa hacía sus labios.

Grey dejó escapar un suspiro de alivio cuando Carrie se involucró en una discusión con Will acerca de la publicidad.

Capítulo Doce

"Es un día perfecto para ir al campo", dijo Grey, de pie junto a la ventana.

"Tuve la suerte de conseguir este fin de semana libre. Estoy agotada ", dijo Carrie, derrumbándose en el sofá.

"Vamos, prepara tus cosas, yo ya estoy listo. El aire de la montaña te hará bien... es estimulante!". Grey tomó su mano inerte en la suya y tiró de ella, tratando de se levantara.

"Déjame solo unos minutos más... así." Ella se acurrucó en el sofá y cerró los ojos.

"¿Vas a dormir?"

Carrie abrió un ojo pero no se movió

"Puedes dormir en el coche, cariño". Grey la cogió en brazos y la llevó al dormitorio, colocándola encima de la cama. "Un par de días de aire fresco, en el campo con mi hermana y su marido, te hará bien. "Grey se sentó en la cama junto a ella, levantó su pie y comenzó a masajearlo.

"Mmm, que rico. No pares." Ella se frotó la pierna con el otro pie.

"Si haces eso, nunca vamos a salir de aquí", se rió él entre dientes.

"¿Cómo es tu hermana?" Carrie apartó el pie de su pierna.

"¿Jenna?. De toda mi familia, es con la que tengo una relación más cercana. Te puede tomar el pelo de una forma...por eso nunca la creo nada de lo que dice ".

"¿Y qué pasa si ella dice que eres fabuloso?"

"Te autorizo a creer eso." Él tomó su otro pie.

"Oooh. Ya lo se."

Se inclinó y la besó.

"¿Y si yo no le gusto?"

"No pasará. Le vas a encantar."

"¿Cómo lo sabes?"

"Por que te quiero y ella siempre quiere lo que yo quiero" y paró el masaje.

"¿Me quieres?. Carrie abrió sus ojos y se levantó.

"Por supuesto. ¿No lo sabías?"

Ella negó con la cabeza: "Nunca me lo habías dicho."

"¿No se supone que tu debes decir algo también?" Pasando la mano por su pelo.

"Yo también te quiero. Pero eso no hace falta decirlo," Carrie lanzó.

"No se sabe hasta que no se dice."

Carrie tiró de él hasta que sus labios se encontraron en un beso dulce. Cuando se separaron, se miraron el uno al otro por un momento antes de que Grey se sentara.

"Voy a empacar." Carrie pasó las piernas por el borde de la cama.

"De acuerdo. Podemos continuar esto en la cabaña." Grey se aflojó la corbata y se desabrochó el botón superior de la camisa.

* * * *

Carrie escogió la ropa y Grey la empacó. A la 1:30 del mediodía, conducían por el puente George

117

Washington. El sol brillaba y el aire era fresco. Carrie miró por la ventana y vio las hojas cambiando de color en ambas orillas del río Hudson. Grey conducía el XK magistralmente por el puente y por el Palisades Parkway. El derroche de color en la avenida era glorioso y aunque Carrie quería dormir, las escenas cambiantes mantuvieron su atención. Abrió la ventana, se subió la cremallera de la chaqueta azul de lana y se acomodó en su asiento. Un sentimiento de alegría se apoderó de ella. La mantenían alerta la sensaciones de miedo y reticencia en vez de emoción y buena sensación que sentía por conocer a la amada hermana de Grey. El tenía razón ... salir, conocer otro lugar y el aire fresco la estimularon.

Grey la miraba de vez en cuando y sonrió.

"Entonces, ¿dónde está esta pequeña cabaña?", preguntó Carrie, alzando la voz para hacerse oír por encima del viento silbante a través del pequeño descapotable.

" Geneva Heights, a una hora al noroeste de Pine Grove."

¿No pararemos para ver el resto de su familia, no?" ella se enderezó con el pánico en su voz."Prepararte para eso, me tomará algún tiempo y alcohol. "

Carrie dio un suspiro de alivio. Eso sería demasiado serio y ella no estaba preparada para afrontarlo ... ¿Cómo podía tomarlo en serio?, ni siquiera sabía hacia donde se dirigía su vida. Para ella, mantener la situación existente ya le iba bien. Ya se lidiaría con el futuro cuando llegara. Se echó hacia atrás, mirando a su hermoso perfil y como él conducía hábilmente el Jaguar a lo largo de la sinuosa, verde y frondosa ruta.

* * * *

La cabaña se encontraba situada en un pequeño claro en el bosque. Un camino de grava con árboles y arbustos grandes alrededor a cien pies de la entrada hasta la casa. La clave estaba en el umbral de la puerta tal como la inmobiliaria prometió. Grey llevó la maleta de Carrie y su pequeña bolsa hasta la puerta y luego la abrió.

El olor a humedad de una casa cerrada les saludó a sus narices tal como Carrie aventuró. Miró a su alrededor admirando el espacio. Había un espacio con una gran chimenea como sala de estar, cocina y comedor combinados. Un sofá y otro de dos plazas posicionados perpendicularmente a la chimenea con una mesa de centro cuadrada entre ambos. Bajo la ventana frontal de la cabaña se encontraba la mesa de comedor con seis sillas. En la pared opuesta se estaba la cocina, con electrodomésticos blancos y una barra de la misma longitud de una de las paredes con una pequeña mesa de roble y cuatro sillas para usar como mesa de cocina o espacio de trabajo.

Fuera, en la parte posterior de la casa había dos dormitorios. Grey acompañado por ella fue al dormitorio más alejado de paredes color verde claro para dejar las maletas. Carrie abrió las ventanas para airear la estancia y recogió las cortinas dando la bienvenida al sol. De las dos puertas situadas en la cocina, una daba al baño y la otra conducía a la cubierta trasera de la casa y al exterior.

La decoración era una mezcla encantadora entre cabaña de caza con colchas de color verde oscuro y crema y otras estilo dulce country con pequeños estampados de flor de lavanda, cortinas blancas y otras a juego. A Carrie le gustó. Cuando terminó, se unió a Grey en el dormitorio, dejándose caer de espaldas en la cama.

"¡Me gusta esto!, ¡es maravilloso, Grey!. Estabas tan en lo cierto... "

Levantó la vista de la maleta que estaba deshaciendo y le sonrió, luego se echó en la cama con ella. Se subió y arrastrándose llegó hasta ella y le dio un beso en sus labios rosados. Carrie rodeó su cuerpo con sus brazos y se le acercó.

"¿Cuando viene Jenna?," le susurró Carrie al oído.

Él le dirigió una sonrisa maliciosa y respondió: "No creo que tengamos tiempo para hacer el amor ... llegaran pronto, pero si cerramos la puerta ..."

"¡Hola! ¿Hola?, ¿hay alguien aquí?. ¿Grey?" decía una voz femenina desde la puerta principal.

"Demasiado tarde," Grey murmuró mientras la levantaba de la cama.

Se peinó el pelo con las manos y caminó hacía la puerta. Carrie se levantó de la cama y tomó su bolso, en busca de un cepillo. Grey salió por la puerta de la habitación, Carrie oyó una voz femenina.

"¿Estoy interrumpiendo algo?", preguntó Jenna con ojos brillantes.

"Acabamos de llegar", dijo Grey, acercándose a su hermana.

Jenna se acercó a su hermano y le dio un beso en la mejilla. En ese momento, Carrie salió del dormitorio, ahuecándose el pelo. Llevaba un suéter fino de algodón color caldera y cuello redondo de manga larga y tejanos de color azul claro.

Jenna se detuvo, la miró fijamente y luego sonrió.

"¡Vaya!, eres más bonita incluso de lo que Grey me había dicho ... Soy Jenna", dijo.

Carrie sonrió y le tendió la mano. Jenna retiró la mano hacía un lado y le dio un fuerte abrazo a Carrie. Jenna vestía tejanos de color azul que resaltaban sus largas y delgadas piernas con un suéter de color turquesa oscuro que resaltaba su cabello rubio.

"Así que sois vosotros", comentó Carrie cuando Jenna la soltó.

Les interrumpió la llegada de un hombre alto y delgado con el pelo marrón oscuro, barba de dos días de ojos marrones oscuros y brillantes. Carrie se acercó a él y le tendió la mano.

"¿Tu debes ser Bill?"

"Tu debes ser Carrie", le respondió, dándole la mano.

"No hay nada en esta casa para comer," Jenna anunció, después de abrir y cerrar las puertas de los armarios y la nevera. Ella se puso la chaqueta y la tiró las llaves del coche a Bill.

"Hacer las compras está anotado en la agenda, creo", dijo Grey, lanzando a Carrie su chaqueta.

Todos se amontonaron en el mini SUV de Jenna, ya que el coche de Grey era demasiado pequeño. Bill se dirigió a la tienda más cercana.

"Hay una pequeña tienda de licores, Bill y yo compraremos vino. Aquí, venimos a divertirnos ", dijo Grey, doblando un pequeño fajo de billetes que introdujo en la mano de Carrie antes de que él se fuera con Bill.

Carrie abrió la mano y contó doscientos dólares.

"Un poco demasiado para un fin de semana, ¿no?", dijo ella sin dirigirse a nadie en particular.

"Grey es generoso, siempre lo ha sido", comentó Jenna, deslizando su brazo por el de Carrie mientras entraban en la tienda.

Carrie llevaba el carro mientras Jenna compraba. Discutieron acerca de que cocinar, las alergias a los alimentos y aversiones también fueron compartidas. Escogieron los ingredientes para preparar un guiso de cordero, uno de los platos favoritos de Grey, según Jenna. Carrie se ofreció para hornear un pastel de manzana. Tocino, huevos, palomitas de maíz y otros aperitivos fueron depositados en el carro junto con zumos, bebidas para mezclar y cerveza. Se detuvieron en la sección de productos lácteos para comprar queso.

"Eres la pareja perfecta para Grey y para la lista, también", dijo Jenna.

"¿La lista?. Ya es la segunda vez que he oigo mencionar una lista en los últimos diez días. ¿Qué es esta lista?. "

Jenna puso su mano sobre su boca y le subieron los colores a las mejillas.

"Vamos, Jenna. Sabes que quieres hablar de la lista. ¿Qué es? ¡Dime! " la engatusó Carrie.

"Grey me va a matar. Fue un lapsus. Olvídalo."

"No puedo olvidarlo. Primero Spence, ahora tu ... "

"¿Spence mencionó la lista?"

Carrie asintió.

"Como no soy la primera. Supongo que no habrá nada de malo en explicártelo...", dijo Jenna, justificando su desliz.

Carrie llevó a Jenna a la panadería para poder estar solas y Jenna le contó todo lo referente a la lista, todo lo que sabía. Con cada frase, los ojos de Carrie se agrandaban por momentos. Cuando terminaron las compras, las mujeres salieron en silencio por la puerta.

"Por favor, no te enfades conmigo, Carrie ..." Jenna le rogó.

"No estoy enfadada contigo, Jenna. Te agradezco que me lo explicaras ".

"En cierto modo me has ayudado."

"Tengo que hablar esto con Grey", dijo Carrie, estirando un poco la barbilla apretando la mandíbula.

Los hombres trataron de iniciar una charla en el coche, pero las damas no participaban. Carrie mantuvo los ojos fijos en la carretera, negándose a mirar a Grey. Bill y Grey se miraron perplejos y finalmente se sentaron en silencio hasta que entraron por el camino que conducía a la cabaña. Grey tomó dos bolsas y puso a Carrie hacía un lado, la llevó al dormitorio y cerró la puerta.

"¿Qué está pasando?", preguntó, sujetando la parte superior del brazo con su mano.

"Dímelo tu. Háblame de tu lista ", dijo ella, de pie con las piernas separadas y las manos en las caderas.

Grey palideció y dejó caer su mano.

"Así que es verdad. Tu tienes una lista de cualidades ... o debería decir *calificaciones* para una esposa? "

"Una especie de ..." balbuceó.

"¿Y yo reúno estos requisitos?"

"Sí."

"Así que ahora ... soy "esa"?"

"No es eso, Carrie. Eres diferente..."

"¿Cómo es eso?. Si yo no hubiera cumplido con todas esas ... cosas ... ¿todavía me seguirías viendo? ", preguntó ella, viéndole retorcerse.

"Tal vez si, tal vez no. Pero tu lo tienes todo y eres espectacular ... muy por encima y lo sobrepasas de largo ... "

"¡Tonterías, Grey!" gritó.

Grey miró rápidamente a la puerta cerrada del dormitorio.

"Vamos a dar una vuelta. Podemos hablar en el bosque donde tendremos más privacidad.

124

¿Cómo te enteraste de la lista? ", le preguntó él, dirigiéndose hacia la puerta.

"Jenna me lo dijo." Carrie afirmó contundente.

Grey abrió la puerta.

"¡Jenna!" gritó él, mientras el color de su cara se volvía morado.

Jenna vio su cara y salió corriendo por la puerta principal. Bill dejó los comestibles que estaba ordenando y siguió a su esposa.

"¡No es su culpa ... es la tuya!" Carrie tiró de Grey por la manga hacia la puerta trasera.

Caminaron en silencio por el bosque hasta un estanque. Carrie encontró una gran roca que sobresalía de la tierra y se sentó, acercando sus rodillas contra el pecho.

"No sé que tiene de malo tener una lista de cualidades que buscas en una pareja, Carrie. Las mujeres hacen lo mismo ... o eso me dijo Jenna. ¿Por qué estás enfadada?". Se sentó a su lado en la roca.

Carrie le lanzó una mirada fulminante.

"Explícamelo, cariño." dijo mientras le acariciaba el brazo.

Ella se apartó de él y desvió su mirada hacía en el estanque.

"¿Crees que soy una especie de esposa Stepford, una que va a cocinar para ti, te va a decorar tu casa y darte todo el sexo que quieras en un abrir y cerrar de ojos?"

"No, yo no pienso en ti de esa manera."

"Entonces, ¿cómo piensas de mí?". Las lágrimas estaban en la parte posterior de los ojos de Carrie, pero estaba decidida a que no aflorasen.

"En ti pienso como mi mujer ideal, inteligente, creativa, ingeniosa, sexy ... la mujer que amo", dijo, lentamente, en voz baja.

"¡Esa estúpida lista!.¡Todo el mundo lo sabe... todos menos yo!. Jenna no le explicó el tercer punto de la lista, dijo que no sabía exactamente lo que era, pero tenía algo que ver con practicar suficiente sexo y luego se puso más roja que la remolacha del departamento de ecológico.

Grey rió.

"¿Qué te parece tan gracioso?" Carrie olfateó.

"Tú. ¿Te importa que mis amigos y ... Jenna ... sepan lo de mi lista?. ¿No crees que ha sido un milagro encontrar a una mujer que estoy loco por ella y al mismo tiempo tenga todas esas cualidades? "

"Creo que es un milagro que no te haya matado aún ..." ella resopló, alejándose de su cálida mirada.

"Admito que esas cosas son importantes para mí, porque ... porque ... bueno los otros tres Jinetes se quejan de que sus mujeres que carecen de esas cosas. Así que pensé, si pudiera conseguir todo esto en una compañera, entonces yo sería mucho más feliz que ellos."

"Ahora la búsqueda de una esposa ... la mejor esposa, ¿es un concurso de los Cuatro Jinetes?"

"Es más sobre mí que sobre ellos. Quiero casarme una vez y que dure para siempre. Yo soy exigente ... bueno, tal vez molesto, lo define mejor ... pero te miro ... ¿y lo afortunado que me siento?."

126

Con sus últimas palabras se inclinó y la besó. Carrie intentó permanecer enojada, pero no pudo. Su beso le robó el enfado. "¡Para!", dijo ella, dándole un empujón. "Estás intentado que me olvide."

"¿De verdad?, pensaba que estaba disfrutando de besar a mi chica ", susurró. "De esta manera es como haces tu el dinero, ¿no?. Encantas a la gente para llevártela a tu terreno con tus buenas palabras".

"Si por mí fuera, ya estaríamos en nuestra habitación de la cabaña haciendo algo completamente diferente a discutir sobre una tonta lista." Sus ojos hicieron contacto con los de ella, mientras que su mano tocó la de ella tentativamente.

"Entonces, ¿qué era exactamente ese tercer punto de la lista?", preguntó ella, lanzando su mirada en la roca por un segundo antes de mirarle a los ojos. Ella enlazó su meñique con el de él.

"¿Seguro que quieres saberlo?"

"Lo he preguntado, ¿no?", dijo, poniéndole ojos de enfadada.

Grey cambió su postura y se aclaró la garganta antes de explicarle el tercer punto de la lista. Carrie lo miró con incredulidad, y luego se echó a reír.

"¡No puedo creerlo!. Básicamente, has dicho a todos sus amigos y familiares lo que para mi representa el sexo ... que yo soy tan calentorra como un hombre. ¡Y tienes la santa cara de decirme que soy tonta por sentir vergüenza!."

"Oh, por un minuto pensé que estabas riéndote. En realidad, es gracioso si se mira desde una perspectiva diferente ... "

"¿Desde qué perspectiva?. No puedo hacer frente a los otros tres Jinetes y tu hermana ... tu hermana estaba tan avergonzada también que incluso le costaba hablar de ello... y su marido, que probablemente también esté enterado de todo...". Las lágrimas se desbordaron y corrían por las mejillas sonrojadas debido a la humillación.

"¿Qué hay de malo en ser sexy?", dijo Grey, tomándola en sus brazos.

"Es privado. Lo que suceda entre tú y yo es privado ", afirmó.

Ella le ofreció una resistencia simbólica pero se detuvo cuando él no la dejaba ir. A Carrie le encantaba estar en sus brazos. Se sentía segura, amada y protegida. Ella cerró los ojos y dejó que esos sentimientos la recubrieran otra vez.

"Déjales estar a todos celosos porque seamos tan...tan...compatibles," se rió entre dientes.

"¡Compatibles!. ¡Tú les has contado que quiero sexo todo el tiempo, lo cual no es cierto, a propósito.", dijo ella, luego se volvió y puso la cara en su pecho.

"Nunca le he contado a nadie ... o mencionado algo de lo que hacemos. Nunca he hablado de ti de esa manera y no lo haría ", insistió.

Ella posó su rostro en su hombro mientras su respiración volvía a la normalidad.

"No dejemos que esto arruine nuestro fin de semana, Carrie. Estamos aquí en esta fantástica cabaña con Jenna ... y podría contarte un sinfín de cosas embarazosas sobre ella ... y de Bill, también. Yo lo siento, si te han hecho pasar un mal rato. Estemos unidos y enamorados, cariño ", dijo, acariciándole el pelo.

Carrie fue seducida por él como siempre. Su forma suave, su sentido del humor y su atractivo, su cuerpo duro junto con su deseo por ella ... hacía que ella lo encontrara irresistible. Cuando ella se apartó hacia atrás y lo miró, su boca bajó a cubrir la suya con un apasionado beso.

"Voy a intentarlo", dijo, secándose la mejilla con sus dedos.

Gris sacó un pañuelo de su bolsillo y le secó las lágrimas. Se levantó de la roca y luego le tendió la mano a Carrie. Ella la tomó lo que le permitía que la levantara. Iniciaron su camino de regreso a la cabaña, Grey con el brazo alrededor de sus hombros y Carrie con su brazo alrededor de la cintura de él.

Llegaron a la cabaña encontraron a Jenna y Bill que habían sacado un poco de queso, galletas saladas y abrieron una botella de vino. Un pequeño incendio se estaba iniciando en la chimenea. Se giraron y vieron entran a Carrie y Grey entrando por la puerta trasera. Los ojos de Jenna no se encontraron con los de Grey. Grey tomó un pedazo de papel de su bolsillo, escribió algo en él y se acercó a la chimenea.

"Aquí está, la lista", dijo.

Entonces la rompió en pedazos y lo arrojó al fuego.

"Y yo prohíbo que nadie de los presentes en esta sala, ni siquiera, la mencionen de nuevo."

Bill sirvió dos copas más de vino y le dio una a Carrie y otra a Grey. Luego levantó su copa para brindar. Jenna se unió a él.

"Brindo por esto", dijo Bill, tomando un buen sorbo de su vino.

Capítulo Trece

"Cuando tu ritmo de trabajo se calme, podríamos ir a mi casa a pasar una noche," dijo, cerrando la pantalla de la chimenea y levantándose.

El fuego se avivó mientras las llamas se disparaban y comenzaron a atrapar los troncos pequeños. Él la miró y sonrió con satisfacción mientras se sentaba en el sofá. Carrie dejó su copa de Cabernet Sauvignon y recolocó su pie derecho en su regazo. Grey se tomó un sorbo de la copa de ella y poniéndola en la mesa comenzó a masajear el pie de Carrie.

Ella cerró los ojos y se dejó caer en el sofá con la cabeza apoyada en una almohada en un cojín estampado de color rojo apoyando su brazo.

"¿Día difícil?"

"Mmm," dijo ella con una inclinación de cabeza, "pero siempre hablamos de mí. ¿Como te fue el día a tí?"

"Un lata. Me paso todo el día repasando cifras para una nueva empresa, una granja solar. Es aburridísimo."

"¿Vas a invertir en la granja?", preguntó ella, un pequeño suspiro de placer salió de su boca mientras el masajeaba debajo del empeine de su pie.

"No lo sé todavía. Las granjas son arriesgadas pero si ésta pudiera mantenerse sólo a base de energía solar, sería factible ".

Carrie cogió su pie derecho y movió su pie izquierdo a su regazo.

"¿Tienes planes para Acción de Gracias?". Trató de mantener la voz indiferente.

"¿Acción de Gracias?", preguntó ella, con tono cansado.

"Ya sabes, el día festivo de todos los años... ¿el tercer jueves de noviembre?" bromeó.

Ella le lanzó una mirada asesina.

"Todavía no tengo encefalograma plano..., de todos modos. Lo suelo pasar con mi tía Delia y cualquiera que sea su novio del mes", dijo.

"¿Crees que le importaría que lo pasarás con mi familia y conmigo?" Él mantuvo su tono uniforme, pero su pulso se aceleró, escuchando su respuesta.

Carrie se sentó y levantó una ceja.

"¿No dijo Jenna que Acción de Gracias es una fiesta especial en tu casa?"

"Todos los festivos son especiales con mi familia ...", comentó.

"No, no, me acuerdo de ella específicamente pronunciando Acción de Gracias."

"Bueno ... más o menos, quizás. Puede ser. Pero es sólo la familia ".

"¿Este año quieres que sea sólo para la familia y para mí?"

"Me gustaría." Su mano dejó de frotar y la cerró alrededor de su pequeño pie.

"Delia no es demasiado sentimental ... dudo que me echara tanto de menos y a ella le caes bien definitivamente... mmm." Carrie acarició el proyecto en su barbilla.

"Así que quieres decir que vendrás", preguntó, enarcando las cejas.

"Si tu quieres, seguro", dijo Carrie, sonriéndole.

"¡Excelente!,¡vienes!." Grey colocó su pie a un lado y lo levantó del sofá y salió disparado corriendo a la terraza para hacer una llamada.

Él hablaba en voz baja mientras hablaba con su madre y vio a Carrie hundirse en el sofá y cerrar los ojos.

"Así que por fin vamos a conocer a esta misteriosa mujer tuya, ¿eh?" comentó su madre.

"Eso parece". Va a venir el día de Acción de Gracias ... "

"¡Acción de gracias!"

"Sí."

"¡John!, ¡John!, ¡Grey trae a su chica el día de Acción de Gracias!." Grey escuchó a su madre decirle a su padre.

"Tengo que dejarte, mamá."

"Maravilloso, querido. Estamos tan contentos de que venga ".

"Nada especial, ¿de acuerdo?", preguntó con un deje de preocupación en su voz.

"No sé de lo que estás hablando."

Grey rió. "De acuerdo. Me preparé para cualquier cosa. " dijo, pasándose la mano por el pelo.

Escuchó la risa de su madre antes de que colgara el teléfono y por un segundo se preguntó si era la decisión correcta. ¡Jolin!, ¿qué sabía acerca él acerca de la decisión correcta?. Nunca había llegado tan lejos con una mujer y el seguro hombre de negocios se dio cuenta que estaba navegando por aguas desconocidas ... estaba completamente desubicado.

En el momento en que regresó al sofá, Carrie estaba profundamente dormida. La tomó en brazos y la llevó al dormitorio. Desnudarla era un placer para él, aunque no parecía que iba a conseguir mucho más que disfrutar de mirarla. Se sacudió y se estiró, pero no parecía estar completamente despierta. El se desnudó también y se metió con ella en la cama.

Apagó la luz y se puso de lado, deslizando su brazo sobre el cuerpo desnudo de Carrie y acercándola a él. Ella suspiró y puso su mano sobre la suya. El enterró su cara en su cuello, aspirando el olor debilitado de su perfume de lila que aún tenía allí y el dulce aroma de su piel. No sabía lo que tenía que hacer a continuación. Estaba dejándose llevar y que el amor indicara el camino.

Su mente pensaba en el día de Acción de Gracias al norte del estado con su familia y Carrie. Se estremeció ligeramente al pensar cuántas referencias al matrimonio haría su madre en presencia de Carrie o cómo su hermana mayor Barbara enseñaría todas las fotos que hubiera encontrado de cuando él era bebé, sobre todo las más embarazosas. Pero también estaría Jenna. Seguramente haría todo lo posible para que Carrie se sintiera más cómoda. Grey cerró los ojos. Esperaba que todo fuera bien. Iba a ser la primera prueba ... realmente de la lista no era la primera prueba. Era la segunda. Pobre Carrie. Esperaba que su amor sobreviviría un día con su familia y cayó dormido.

* * * *

Carrie se despertó a las tres de la madrugada para ir al baño. Estaba bien despierta, se puso una bata, en el apartamento hacía fresco y se dirigió al salón. Se sentó junto a la ventana a mirar la luna. No había luna llena, estaba en cuarto creciente. Brillaba sobre la ciudad dormida. El resplandor era blanco plateado. La luz de la luna en las ramas desnudas de los árboles les hacía sombra, enfatizando su redondez. Se creaban sombras espeluznantes que podían proporcionar escondites para ladrones o amantes que no tenían otro lugar donde ir.

El frío en el apartamento calaba por su bata de seda fina, así que fue en busca de la calidez de su cama. Grey estaba dormido, boca abajo con los brazos alrededor de su cabeza. Entró silenciosamente intentando no despertarle pero él rodó hacía su lado, la colcha se deslizó hasta su cintura. Acostada sobre su espalda, Carrie le miró la cara y el pecho alumbrado por la tenue luz de las farolas que se filtraba por la ventana. Su rostro parecía relajado e infantil, con el pelo revuelto de dormir, excepto el ligero crecimiento de la barba en sus mejillas descubría su edad. *Que guapo que es.* Su fuerte pecho tenía una ligera capa de bello color arena. La sensación la llamó y extendió la mano, aplanándola lentamente contra él. Él apenas se movió. Le pasó la mano luego ascendió y más tarde por el pecho mientras disfrutaba de la sensación de su piel y los músculos que sentían sus dedos. Un pequeño suspiro escapó de sus labios.

Grey pasó su brazo alrededor de ella, su mano en la espalda mientras ella se acercó. Carrie se dio la vuelta, dándole la espaldas, encajando su cuerpo en las curvas de el cuerpo de Grey, acurrucándose en él.

Unos sonidos ininteligibles escaparon de su garganta y ella tomó su mano y colocó su brazo alrededor de ella, dejando que su mano descansara en su vientre. Grey extendió sus dedos contra su piel y la atrajo hacía si hasta que quedó apretada contra él.

"Frio", pronunció.

"Ya no ", susurró, sintiendo el calor de su cuerpo penetrar en el suyo.

Grey desplazó su mano lentamente hacía arriba por su torso para luego descansar en su pecho. Un pequeño escalofrío corrió por la columna vertebral de ella.

"¿Tienes frio todavía?", preguntó, despierto.

"No es frío…"

"¿Más?"

Posicionando los dedos alrededor de su pecho y comenzó un suave masaje. Ella cerró los ojos y dejó que la magia comenzara a funcionar en su cuerpo. Sus labios acariciaron su cuello con pequeños besos, enviando otro escalofrío por la espalda. Él se rió entre dientes.

'Eres es un mago ", susurró.

"¿Ah, si?"

Sus dedos pellizcaron suavemente su punto, haciéndola sentir profundamente. Ella se retorció, movió su trasero contra él y sintió su creciente excitación.

"Me tocas en un lugar y siento en otro."
Se rió en voz baja. Luego deslizó su mano lentamente por la piel suave de su muslo.

"Me encanta sentirte", susurró.
Carrie rodó sobre su espalda y colocó la mano en su hombro. El deslizó sus dedos hasta el lado interior de su muslo y ella separó las piernas para él. Enterrando la cara en su cuello, ella abrió la boca y succionó su piel suavemente, acariciándole con su lengua, provocando un gemido de él.

Sus dedos se movían de arriba hasta el centro. Ella gimió y enganchó su pierna sobre su cadera. El calor se disparó en su cuerpo.

"¡Oh, Dios!", gimió, apartando los labios de su piel y echando la cabeza hacia atrás contra la almohada. Con la tenue luz todavía podía ver sus ojos, mirándola directamente a ella. Su respiración se hizo más rápida y el deseo la poseyó.

"Te deseo," murmuró, sin dejar de mirarle.
Ella se agachó, poniendo sus dedos alrededor de su erección. "Oh, mi."

Él rió.

"Creo que tu también me deseas"
"Eso parece," él puso la mano en la parte trasera de su muslo y lo levantó.

"¿Lista?"
"He estado lista ..."
Grey se rió entre dientes.

Carrie levantó su pierna más, doblándola contra su cuerpo mientras su mano se acercaba lo suficiente para que él pudiera deslizarse dentro de ella. Ella jadeó cuando él la penetró, cerrando los ojos de nuevo, centrándose en la maravillosa sensación que le producía tenerlo dentro de ella.

"Ohhhh ... cariño", gimió, asiéndola fuertemente contra él.

Él comenzó a moverse hacía dentro y fuera de ella, al principio lentamente.

"Oh, Dios ... Grey ..." gimió.

Contra más excitada estaba más rápido se movía él. Carrie logró acompasar sus caderas con él un poco ya que su ritmo era duro. Aún así, el placer corría por sus venas y crecía con cada embestida. A medida que la intensidad crecía, ella jadeó y se agarró en su hombro mientras le apretaba. La emoción ascendió en espiral, su orgasmo estalló, todos los músculos y nervios se habían tensado previamente al éxtasis que recorrió por todo su cuerpo hasta llegar a los pies. Carrie emitió un grito ahogado. Grey empujó con más fuerza. Pero no duró mucho ya que dejó escapar un largo gemido como señal de su liberación.

Yacían el uno en los brazos del otro. Carrie se estiró para acariciar la mejilla de Grey y sintió su frente sudada. La besó suavemente y con su mano peinó su cabello hacia atrás.

"Tu agotas a un muerto ... las manos quietas."

Ella rió. "Seguro que eso se lo dices a todas."

"Nunca he conocido a nadie que me despertara en mitad de la noche para hacer el amor."

138

"¿En serio?"

"De verdad. Fantástico." Él la besó de nuevo, luego estiró la sábana y la colcha, cubriendo su cuerpo para protegerla del aire frío del dormitorio.

"No era mi intención. No podía dormir, pero cuando te vi echado tan lleno de paz ... yo ... yo ... he me encendido ".

"Como música para mis oídos. Me puedes despertar de esta manera siempre que quieras, cariño"

"Me estoy durmiendo" admitió ella bostezando.

Se abrazaron haciendo la cucharita.

"Dulces sueños, Carrie."

"Tú también, Grey."

Capítulo Catorce

La presión continuó creciendo durante las siguientes semanas en su trabajo. Noche tras noche hasta tarde, correcciones, constantes revisiones, campañas enteras se frustraron para tener que iniciarlas de nuevo. Estaba exhausta, agotada pero también locamente enamorada. Carrie nunca había conocido a nadie como Grey y cuanto más su vida laboral se deterioraba, más anhelaba la compañía de él.

Era pronto por la mañana del miércoles anterior al día de Acción de Gracias y Carrie se apresuraba para ir a ver al señor Goodhue, el presidente de la agencia, que quería reunirse con ella a las ocho en punto. Estaba nerviosa porque él nunca perdía el tiempo con reuniones o personas sin importancia. Tenía una plantilla de personal que se ocupaba de las trivialidades, el hecho de que el quisiera verla, denotaba que tenia que ser importante.

Entró en su despacho discretamente. Él la miró, asintió con la cabeza y le indicó que se sentara.

"¿Café?"

"Gracias," dijo ella, levantando su taza para mostrarle que ya se había traído su propio café.

"Carrie, he visto el progreso que has experimentado durante tres años y estoy muy contento de haberte visto florecer, pasando de ser la tímida mujer joven, infeliz, que comenzó aquí, a una escritora experta y segura de sí misma. Tu trabajo en el nuevo equipo es excelente. Creo que el siguiente paso que debe tener lugar para ti en esta empresa es tu ascenso como directora creativa".

Ella le sonrió, complacida por el elogio, pero se percató de que él no se la devolvió. Su estómago se encogió y su ritmo cardíaco aumentó. De alguna manera esto no le dio buena sensación.

"Quiero decirte que te apreciamos mucho. Rosie siempre alaba tu trabajo con el departamento de producción... y... ", continuó.

"Sr. Goodhue, esto suena más a un obituario que como un elogio. ¿De qué se trata y por qué estoy muerta? "

"Estamos en una situación difícil con Country Lane Cosméticos", dijo, levantando la palma de su mano cuando ella trató de hablar.

"Estoy al tanto de que la cuenta está en peligro. Se trata de un tipo de peligro diferente. ¿Usted sabe que Country Lane tiene nuevo presidente y éste, tiene predilección por otra agencia de publicidad con la que ya ha trabajado durante años, ¿verdad?."

"No me he matado a trabajar para perderlos."

"¿Sabes cuántas personas están involucradas en este proyecto, aquí en la agencia, ¿verdad?. ¿A cuántas personas tendría que despedir si perdemos Country Lane?."

"Muchas."

"¿Conoces a alguien llamado Grey Andrews?." Le preguntó, tomando su taza para tomar un sorbo de café.

141

Ella tragó saliva y sintió que su rostro se calentaba. Sus cejas se alzaron.

"¿Grey?.¿Por qué lo pregunta?."

"¿En qué medida le conoces bien?"

"Bastante bien, ¿qué tiene eso que ver con ..."

"¿Te estás acostando con él, Carrie?". Nathan dejó su taza de café y la miró fijamente.

Su cara enrojeció cuando la ira se combinó con la vergüenza.

"Eso es un asunto privado, Nathan ..." sopló ella

"No si su hermana es la nueva directora de publicidad de Country Lane, ¿verdad?"

"¿Cómo?"

"¿Así que tienes... relaciones íntimas con él?"

"Estoy enamorada de él."

"¡Madre mía!" dijo, mirando hacia abajo, a sus pulgares, "esto va a ser más difícil de lo que pensaba."

"Yo no veo el problema. ¿Qué tiene que ver Grey aquí? "

"El nuevo presidente está presionando para sacarnos. A Barbara Andrews le gusta el trabajo que hacemos. Pero, durante el desayuno de ayer, me contó que tienes una relación con su hermano. Esto podría interpretarse como abuso de influencia si nos evalúa y recomienda a Country Lane para mantenernos como su agencia. Si ésta información llega a su jefe, será despedida por favoritismo. Ella quiere tomar una decisión justa, una decisión que pueda defender delante de su jefe, pero si él se entera de que tú y este tipo... "

"¿Grey?"

"Entonces su recomendación se verá comprometida. ¿Quién no pensará que ella quiere mantenerle el puesto a su futura cuñada?. Es prácticamente nepotismo. Ella podría tener que despedirnos sólo para parecer imparcial. De todas maneras, esto no pinta bien para nosotros "...", hizo una pausa, "siempre que tú estés aquí.

"¿Y si dejo de ver a Grey?"

"Eso podría funcionar... pero personalmente, creo que es demasiado tarde para eso."

"Mejor, porque no lo haría."

"No lo creo. Tú tienes integridad, Carrie, es una de las cosas que siempre me han gustado de ti... "

"Deja de hacerme la pelota, Nathan," dijo ella, de repente, sin miedo a ser directa, "quieres que renuncie a este trabajo, ¿verdad?"

Te pondría en otro departamento de la empresa, aunque que no estoy seguro de que eso sea suficiente y, además, no tenemos otro puesto que ofrecerte".

"Así que soy el eje central del problema, ¿no?". Sintió las lágrimas en la parte posterior de sus ojos, pero si él la veía llorar, la perjudicaría. Respiró hondo, parpadeó un par de veces y controló sus emociones.

"Bueno... hay tantas personas implicadas en esta situación, el departamento de producción, el departamento de tráfico, el departamento de contabilidad, por no hablar de tu propio equipo creativo... estamos hablando de una decena de personas en total que perderían su empleo si te quedas aquí y continúas viendo al hermano de

143

Bárbara. ¿Qué crees que es lo justo en esta situación? "

Las lágrimas atravesaron sus ojos. ¿Elegir entre Grey o su trabajo?

"Me gustaría facilitártelo y despedirte pero eso no mejoraría las cosas. Quedaríamos mal, todos nosotros. Y yo no quiero que esto ensucie tu expediente. Tu trabajo es excelente y no has hecho nada malo. Tal vez si dejaras de verlo, podría hablar con Barbara y tú podrías salvar tu trabajo. No es un buen momento para quedarse sin trabajo, especialmente en nuestra actividad. Es tu decisión."

Ella asintió con la cabeza, la emoción la asfixiaba y le cerró su garganta. Se había entregado tanto para obtener el éxito. Después de que su matrimonio hubiera volado en pedazos, quedó destruida. GWB se había convertido en su casa después de su divorcio, un lugar al que ella sentía pertenecer. Siendo recompensada por profesionalidad y lealtad con aumentos regulares y una promoción. La empresa la acogió, le dio un trabajo, le dio de comer, la ayudó, la enseñó y la reconoció. Ahora, en un abrir y cerrar de ojos, todo podía acabarse.

"Barbara no está molesta contigo, ¡qué digo!, ella ni siquiera te conoce, me comentó, aunque admitió haber oído hablar de ti por su otra hermana. Ha insistido en que tomemos medidas. Le aseguré que iba a hablar contigo en privado y que tomarías la mejor decisión por el interés común ", dijo, poniéndose de pie para indicar que su reunión había terminado.

"Voy a dejar mi carta de dimisión en tu escritorio sobre las diez. ¿Te importa si me después me marcho? "

"¿Por qué no lo piensas durante las vacaciones?. Tendrás todo el tiempo que quieras para presentar la dimisión el lunes cuando vuelvas, si es eso lo que quieres. A mi me dolería perderte, pero me satisface ver tu disposición al dar prioridad a la situación de tus compañeros. Te daré una carta de recomendación brillante para tu próximo empleador... si lo prefieres a nosotros ", dijo sacudiendo la mano.

Carrie estaba en shock. Entró en su despacho e imprimió la carta, antes de que las lágrimas comenzaran a caer. Luego la rompió y la tiró a la basura. Cerró la puerta, empaquetó sus cosas y se dirigió hacia el pasillo. A la salida, se tropezó con Dennis.

"¿A dónde vas?" preguntó, tratando de alcanzar su brazo.

Ella apartó su brazo de él y siguió caminando, negándose a responder a sus repetidas llamadas.

En la calle, buscó una cafetería y encontró un Starbucks a dos manzanas de distancia. Entró, pidió su latte habitual y se sentó. Las lágrimas corrían por sus mejillas mientras ocultaba su rostro. Todo este tiempo perdido y la nueva campaña también, los nuevos lanzamientos, las largas noches trabajando, el estrés ... todo para nada. ¿Qué tenía ahora? Sin trabajo, sin sueldo... nada. Nada no. Tenía a Grey.

Pero, ¿de verdad?. ¿Cuánto tiempo hacía que lo conocía?. Unos meses. ¿Y si a su familia no le gustaba ella?. No tenía ninguna garantía de futuro con Grey. No sería el primer hombre que había pasado por su vida. En lugar de sentirse más segura de Grey, se sintió menos. *No es justo. Él no ha hecho nada malo. Pero todavía no siento que pueda confiar en él, aunque esté por mí. ¿Matrimonio?. No hemos hablado desde el día que discutimos por la lista.* Empezó a sentir una palpitación en la sien, era una sensación familiar, se masajeó la cabeza con los dedos y luego se tomó dos ibuprofenos para acabar con el dolor de cabeza.

Al día siguiente iba a conocer a la familia de Grey por Acción de Gracias. Quedarse en su casa. En la misma habitación con Grey. ¡Oh Dios!. Su hermana, la directora de publicidad de Country Lane estaría allí. ¡La responsable de ponerla en esta situación!. De ninguna manera iba a ir.

Carrie se terminó su café con leche y salió a la calle. Era sólo la una del mediodía pero se estaba acumulando el tráfico. La gente ya había empezado a viajar por las vacaciones y la ciudad era una maraña de coches deportivos, todo terrenos, taxis, autobuses, camiones y de todo que competían por el espacio y tocaban sus bocinas hasta que se volvían roncas. El viaje de regreso a su apartamento fue arduo, ya que las calles estaban cerradas debido al Desfile del Día de Acción de Gracias de Macy que bloqueaba el tráfico de manzana en manzana.

Su calle y algunas más fueron acordonadas. Había gente que había descubierto que era mejor venir a ver los globos que se hinchaban el día de antes que estar allí el día del desfile. Así que inundaron las calles como bandadas de gansos migratorios de Canadá, tocando la bocina y dando codazos a todos los que estaban fuera del camino. Los padres con cochecitos y niños pequeños a cuestas, los adolescentes, incluso los abuelos salieron para ver los globos. Luego se quedarían cómodamente en sus hogares el día de la fiesta, viendo el fútbol en la tele.

Carrie caminó hacia el autobús, que avanzaba algunas milímetros y se perdía cada luz verde del semáforo, haciéndola sentir atrapada en esa atmósfera sofocante, con la gente hablando en voz alta por sus teléfonos móviles o estornudándole en la cara. Llamó a su tía Delia.

"Ey, Delia, ¿me puedes hacer un hueco con vosotros mañana?", preguntó, tratando de calmar su voz.

"¿Vienes?, ¿qué ha pasado? ", preguntó Delia.

"Nada. ¿No puedo cambiar de opinión y preferir estar con vosotros? "

"¡Ah!, no me vas a engañar. La última vez que te vi, tus ojos centellaban y ahora casi no puedes evitar llorar. Lo oigo, Carrie, lo oigo en tu voz ".

"Estoy en el autobús y no puedo hablar."

"Haz tus maletas y pon tu pequeño trasero esta tarde en el tren de las cuatro. Estoy enfriando tu vino favorito, Moscato y sacando otra copa. Vienes aquí y me lo cuentas todo".

"¿Quiénes vienen mañana?"

Tony y su hijo Marco, Freddie y su esposo, Harold, Sam Wood y Joanie Johnson ".

"Pequeña multitud... ¿vas a reunir a Sam y Tony?"

"Sí. Sam es el sabor del año pasado y Tony el de este año. A Sam no le importará. Tiene una nueva señora, pero está fuera de la ciudad".

Carrie se rió a pesar de su difícil situación.

"Estaré allí."

"Está bien, Cookie, nos vemos entonces."

Carrie colgó el teléfono justo cuando el autobús había llegado a la Avenida Amsterdam. Se apeó y caminó una manzana hacia su edificio. ¡Grey!,¡Oh Dios!. Tenía que llamarlo. Después de hacer su maleta y beberse medio vaso de vino para calmar sus nervios, tomó su teléfono.

"¡Hola, preciosa!, ¿sigues en el trabajo? ." Le preguntó.

"Estoy en casa..."

"Puedo venir para que pasemos tiempo a solas ... si te interesa."

"Esta noche no, hay un problema..." La voz de Carrie se hundió

"¿Qué?. ¿Ocurre algo?."

"No puedo ir contigo mañana", dijo ella y contuvo la respiración.

"¿Por qué?." Su voz se elevó una octava.

"Ha pasado algo hoy en el trabajo... y yo estoy... Tengo que tomar una decisión, acerca de mi trabajo... y de ti. Así que he decidido que me voy a casa de Delia porque tengo que reflexionar".

"Pensar... ¿en casa de Delia?. ¿Una decisión?. ¿Qué tipo de decisión?. "Su voz sonaba tensa.

"No quiero hablar de esto por teléfono," objetó, esperando que él dejara las cosas así, aunque seguramente no lo haría.

"Entonces vengo ahora," contestó él

"No podrás llegar hasta aquí. Las calles están atascadas de un río hasta el otro. El desfile, ¿recuerdas? "

"No me importa. Vendré andando entonces".

"Grey, no quiero hablar contigo en este momento."

"¿Por qué no?"

"Pregúntale a tu hermana Barbara al respecto cuando la veas mañana."

"¿Barbara?, ¿qué tiene que ver ella en esto? "

"Todo. El tren sale dentro de una hora y me llevará mucho tiempo llegar a Grand Central. Tengo que irme ", dijo Carrie, colgando el teléfono.

Se echó a llorar y se dejó caer en el sofá. El teléfono empezó a sonar, era Grey, ella dejó que sonara. Él colgó. Y volvió a llamar. Y colgó. Y volvió a llamar. *Es persistente, le voy a dar eso.*

Carrie sacó la copia impresa del manuscrito de su libro de misterio, metió las páginas en su maletín junto con su ordenador. Quería comenzar a trabajar en las ediciones que recibió de Paul Marcel en casa de Delia. Una sonrisa irónica cruzó sus labios. *Después de todo parece que pude conseguir mi sueño de ser escritora de ficción. Una escritora de ficción en paro.*

Se colgó el bolso al hombro, escondió su billetero en su maletín y lo sujetó debajo de su brazo. Dejó el teléfono sonando y bajó penosamente por las escaleras y luego caminó hacia el metro, el único medio de transporte en la ciudad que no estaba en punto muerto debido al desfile.

* * * *

El tiempo comenzó a deteriorarse; el sol desapareció detrás de las nubes de color gris claro. Carrie abrió su ordenador portátil y trató de concentrarse en sus ediciones en la hora y media de viaje a Shelton, Connecticut. Pero lo único que podía hacer era mirar por la ventana, soñar y reflexionar sobre que era lo que quería. Cuando el tren llegó a su destino y las ruedas chirriaron, Delia Tucker estaba de pie junto a su Toyota Rav blanco, agitada. Carrie sonrió al ver a su querida tía y se sintió mejor.

Delia abrazó a la joven con sus brazos. Inmediatamente Carrie se echó a llorar. Permanecieron allí durante un minuto hasta que Carrie pudo calmarse. Delia cogió la bolsa y la colocó en el asiento trasero, mientras que Carrie se subía en la parte delantera.

"¿Dónde están tus padres?", preguntó Delia mientras salía de la plaza de aparcamiento.

De viaje. Creo que este año celebran Acción de Gracias en Turquía,"se rió, "¡Es irónico! "

"¿Aún viajan?"

"Están en un crucero por el Mediterráneo, creo. Nunca fueron de vacaciones cuando yo era pequeña. Trabajo, trabajo y más trabajo…"

"Así es como has adquirido tu ética laboral."

150

"Supongo. Ahora tienen todo el derecho para vivir de la manera que les apetezca. Estaría bien si te dedicaran más tiempo".

"Estoy acostumbrada. No hay problema."

Delia cambió de tema y conversaron, de camino a casa, acerca de los preparativos para el día siguiente, bordeando el tema que carcomía a Carrie hasta que estuvieron en la cocina de Delia, cada una con una copa de vino fresco Moscato y un poco de queso y galletas delante de ellas.

"¿Tarta de manzana o de calabaza... o de las dos?" preguntó Carrie, subiéndose las mangas.

"Creo que tengo los ingredientes para ambas", dijo Delia, sentándose sobre un taburete alto.

Carrie sacó la harina, la mantequilla y la sal. Luego cogió una taza grande, un par de cuchillos y un rodillo.

"Esta nueva encimera de granito es perfecta para hacer rodar la masa."

"Haz lo que te dé la gana. Mientras haces la masa de la tarta, cuéntame lo que te pasa." Delia volvió a llenar el vaso de Carrie y luego se volvió a sentar.

Carrie le contó su conversación con Nathan Goodhue y su dilema.

"¿Qué quieres hacer?"

"No estoy segura... He trabajado muy duro y estoy muy cerca de convertirme en directora creativa... pero Grey es tan increíble..."

"No exactamente. Si dejo a Grey, entonces podría quedarme. Pero no quiero renunciar a él".

151

"Ah, entiendo. Es el viejo dilema de no se puede estar en el plato y en las tajadas. Mmm. Esto no va a funcionar, Cookie ".

Nadie la había llamado "Cookie" desde hacía mucho tiempo. Delia fue la primera en ponerle este apodo y a sus padres le gustó, por lo que se quedó así. Fuera refrescaba, Carrie puso el horno a precalentar. Disfrutaba del momento de estar en la cocina caliente en compañía de Delia.

"¿Qué es lo que realmente quieres en la vida, Carrie?"

"¿Por qué no me preguntas algo realmente grande, Delia?" ella se echó a reír.

"En serio, ¿quieres ser directora creativa? ¿quieres casarte con Grey?."

"¡Espera!, él no me lo ha pedido ni nada".

"Ir a casa de su familia por Acción de Gracias, ¿no crees que es el preludio de una propuesta?."

Delia alzó las cejas y tomó un sorbo de vino.

Las mejillas de Carrie se enrojecieron.

"Yo no quería verlo de esa manera."

"¿Cómo se siente ahora que le has plantado?"

"No muy bien, supongo", dijo Carrie, frunciendo el ceño.

"¿Le has contado lo que ha pasado?"

Carrie negó con la cabeza

"No quería verlo. No quería decírselo por teléfono. Habría tratado de convencerme de ir con él fuese como fuese y su hermana iba a estar allí y... "

"Así que te saliste del apuro sin dar ninguna explicación?"

"Probablemente´

"Eso no está bien, Cookie".

"Le dije que le preguntara a su hermana, Barbara. Él me preguntó que qué significaba eso, y más o menos le colgué".

"¡No!. ¡Oh, Cookie!, Grey es...él es... un "cuidador," ha encajado mucho". Delia chasqueó la lengua a Carrie.

Carrie retiró el molde, evitando los ojos de Delia.

"¿Le amas?", preguntó Delia, inclinándose suavemente hacia su sobrina.

Carrie dejó lo que estaba haciendo y asintió ligeramente con la cabeza mientras dos lágrimas se escapaban por sus mejillas.

"¿Y si no funciona?. Mi historial no es bueno. Grey nunca ha tenido una relación seria... ¿y si me deja?, entonces no tendré nada. "Carrie comenzó a pasear por la cocina y se mordió el labio.

"¿Y qué pasa si te despiden por otra razón?. No hay garantías en ninguno de los dos lados de esta situación ", dijo Delia, sentándose de nuevo y terminándose el vino de su copa.

"Entonces, ¿qué hago?"

"Yo no te puedo decir qué es lo que tienes que hacer. Escucha a tu corazón. Debajo de toda esa inteligencia, tu corazón sabe lo que está pasando y cuál es la decisión correcta"

Carrie metía el pastel en el horno cuando el teléfono sonó. Era Tony y Delia desapareció cerrando la puerta de su dormitorio. Carrie se fue hacia el sofá delante de la chimenea donde ardía lentamente un pequeño fuego y se sentó. Los olores del salón en la maravillosa casa de su tía la calmaban. Había pasado muchos días felices en esa pequeña casa de piedra. Los recuerdos de las veces que se hospedaba en la casa de la tía Delia y el tío Jack, viajes de compras con la experta Delia y el tío Jack enseñándole a hornear el pan, vinieron en tropel, dándole calor a su corazón.

Echaba de menos al tío Jack, echaba de menos ser una niña otra vez, donde su decisión más importante era si quería helado de chocolate o de fresa para el postre. Se abrazó las rodillas contra el pecho y pensó en Grey. ¿Qué pasaría si él no desapareciera?. ¿Qué pasa si Delia tuviera razón y esto de llevarme a conocer a su familia era el preludio de una propuesta de matrimonio?. ¿Querría casarme con él?.¿Volvería a esa situación otra vez?. ¿Dejaría atrás mi carrera después de todo la sangre, sudor y las lágrimas que meha costado?. ¿Si el matrimonio no funciona, en qué posición me quedo?. Si no hay matrimonio, ¿qué hago?. Una escritora de ficción desempleada. Carrie no había vuelto a estar enamorada desde su divorcio. Su ex marido se había trasladado a la costa oeste, diciéndole que era demasiado joven para tal compromiso. La responsabilidad y las restricciones del matrimonio habían pesado demasiado sobre Todd. Quería su libertad y le rompió el corazón. Ahora, tres años más tarde, ¿podría Grey hacerle lo mismo?. ¿Era "un cuidador" como Delia dijo?. Demasiadas preguntas y muy pocas respuestas.

Mientras Carrie observaba el fuego consumirse, Delia finalizó su llamada telefónica y regresó al salón. Se sentó junto a Carrie en el sofá.

"¿Qué?, ¿has encontrado la respuesta que estás buscando?"

Carrie siguió mirando el fuego y negó con la cabeza.

"Es como un juego de *Serpientes y Escaleras*, Delia. Estoy indecisa, un paso más y, o tomo las escaleras ó tomo una rampa que me lleve hasta el principio de nuevo." Carrie se levantó y volvió a la cocina para ver cómo estaba el pastel.

* * * *

Grey rompió con la tradición, se subió a su coche y condujo hacia el norte a Pine Grove en la noche del miércoles. Por lo general, se iba a las siete de la mañana del Día de Acción de Gracias para llegar a tiempo para el desayuno. Era tradición familiar reunirse para un gran desayuno realizaado por su padre y luego no volver a comer hasta el gran ágape. Después del desayuno todos se comenzaban con los preparativos. Tenían tareas asignadas y trabajaban codo con codo, riendo, bromeando y burlándose mientras arreglaban la casa, recogían leña, cortaban, picaban, laminaban, bañaban y mezclaban todo para la gran cena. La mayoría de sus hermanos llegaban la noche anterior. Grey odiaba conducir por el tráfico de Manhattan el miércoles por la noche. Así que normalmente se levantaba al amanecer y conducía más fácilmente por Palisades y la Ruta 17.

Pero esa noche estaba demasiado agitado para quedarse en su casa. Caminó y caminó hasta que no pudo más. Bárbara estaría presente esa noche y tenía que averiguar lo que había pasado. Hacia las siete ya no podía soportarlo más y metió su bolsa en el maletero. El Jaguar se dirigía hacia el norte rugiendo. De camino a las Palisades, le sorprendió el hecho de encontrar un hueco en el tráfico la poca dificultad que tuvo para llegar al puente de George Washington, donde el tráfico se detuvo. Sintiendo que se alteraba, encendió la radio, cambiando de canales para encontrar un poco de música relajante, cuando se encontró con la canción de Michael Bublé, "Haven't Met You Yet". Dejó de cambiar y sentado, escuchó, recordando la primera noche que hicieron el amor. A medida que avanzaba por el puente a través de la oscuridad de la tarde-noche, sonrió cuando recordó como bailaba con Carrie y luego la llevaba a la mesa. Qué hermosa estaba cuando estaba haciendo el amor con ella; perdida en la pasión, el fuego en sus ojos, su cuerpo suave y flexible, inclinándose hacia él, respondiendo a cada caricia. Comenzó a ereccionarse al perderse en los recuerdos. La sensación de su piel, el sabor de sus labios, la plenitud de sus pechos no podía salir de su mente.

¡No me voy a dar por vencido!. Cuando la canción terminó, sintonizó una emisora de música clásica. La música lo tranquilizó y le permitió pensar durante el camino a Pine Grove. En el momento en que llegó a la salida 12 el tráfico había disminuido. Condujo la mayor parte del resto del camino con el automático, centrándose en Carrie y en el tiempo que habían pasado juntos.

No me importa que sólo hayan sido un par de meses. Es ella. Es la única. A más o menos dos salidas antes de la que conducía a casa de sus padres, Grey decidió que tendría a Carrie. Ella sería su esposa, no importaba lo que costara conseguirlo y él no se rendiría hasta que ella accediera. Respiró profundamente y una sensación temporal de paz se apoderó de él. Una pequeña sonrisa apareció en su rostro.

Se adentró en el gran camino circular que llegaba a casa de sus padres y se dio cuenta de que el suyo era el último coche en llegar. Bien. Barbara está aquí. Podré conseguir algunas respuestas. Comprobando su reloj vio que eran las 22:30 y sólo había luces encendidas en la planta baja de la gran casa estilo victoriano. Grey sacó su llave y abrió la puerta.

Al cruzar por la puerta de entrada, el zumbido de voces se detuvo. Cruzó caminando el arco de la sala de estar y su madre saltó de su silla, su rostro se llenó de una sonrisa enorme.

"¡Grey!, qué alegría verte. ¿Dónde está ella?. ¿Está en el coche aún, se durmió por el camino?". Preguntaba su madre mientras miraba con los ojos como dardos hacia la entrada.

"No va a venir."

¿Qué? ", dijo su madre, hundiéndose en el sofá, su ceño se evaporó.

Grey miró directamente a su hermana, Barbara y se dio cuenta de que ella había dejado escapar un gran suspiro.

"¿Por qué?, ¿qué ha pasado?.¿No estará enferma no?," preguntó Fran Andrews, la mamá de Grey.

"No, no está enferma. Tal vez sea mejor que preguntemos a Bárbara por que Carrie no está aquí".

Jenna, John, su padre y Fran, todos volvieron la mirada hacia Barbara. Incluso su marido, Earl, se volvió hacia ella. Barbara se sonrojó.

"No es mi culpa, Grey. Sinceramente. "Ella entró en esta situación.

"Ella no me ha contado lo que pasó. ¿Quieres hacerlo tú?. Le pidió Grey mientras se sentaba en un sillón frente a ella.

Barbara le contó a su familia la historia sobre el conflicto con su jefe y la agencia de publicidad.

"¿Y cuándo ibas a contarme esto?" preguntó Grey en un tono enojado, su rostro oscurecido

"Sinceramente, Grey, pensé que esto no te concernía. Me refiero a que es la chica la que tiene que decidir si debe mantener su trabajo o su novio. ¿Podrías tu tomar esa decisión en su lugar? "

Se hizo un silencio en la estancia.

"Si lo hubiera sabido, tal vez hubiera podido ..." empezó

"¿Tal vez hubieras podido qué?", dijo Barbara, levantándose de la silla.

"¿Hablar con ella?"

"Si ella hubiera querido hablarlo contigo, ¿por qué no lo ha hecho ya?. Todo esto es su decisión, no la mía." Barbara se acercó a la chimenea, apoyó la mano sobre el manto mientras miraba al fuego.

"¿Crees que quiero que mi hermano pequeño pierda a la mujer que ama?"

"¿Quién ha dicho algo sobre el amor?"

"La invitaste a venir aquí, ¿no?"

"¿Y?"

"Eso lo dice todo. Créeme, yo no hubiera querido tener que hacer esa llamada telefónica. Pero no puedo perder este trabajo. Carrie es una redactora con mucho talento. Y no quería perderla tampoco, pero tuve que llamar a Goodhue." Barbara cruzó los brazos sobre su pecho y caminó lentamente frente al fuego.

"¿Querías que ella me dejara para que pudieras seguir teniéndola como redactora?" le preguntó Grey, levantándose de su silla.

"¿O trasladarla a otro departamento, quizás?"

"Me dijo que no tenía ningún otro puesto para ofrecerle."

"¿Y qué pasa con todo ese nuevo trabajo que está haciendo?"

"No hay presupuesto para salarios de nuevas áreas de negocio. Esos negocios, todavía no han generado ingresos, no se pueden justificar los gastos salariales en esos centros de coste. Goodhue me lo explicó todo. Créeme, hemos revisado todas las opciones. Yo no quería ponerte en esta situación", dijo Barbara, poniendo su mano sobre su brazo.

"No me has puesto en ningún situación, pero lo hiciste bastante mal con respeto a Carrie"

"Es mi jefe. Si fuera por mí... "

"Lo entiendo. Lo entiendo."

Grey salió del salón y volvió a su coche. Abrió el maletero y sacó su bolsa. Cuando regresó, nadie se había movido de su lugar y todos estaban en silencio.

Colin se levantó para llevar unas tazas de café vacías a la cocina. Jenna se acercó a Grey, le dio un fuerte abrazo y le susurró.

"No puedes perderla."

Grey la miró.

"La quiero en esta familia. Me siento como si ya fuera mi hermana".

"¿Después de sólo un fin de semana?", preguntó, levantando una ceja.

"Me cae bien. Además, no fue un fin de semana normal, " bromeó Jenna.

Grey levantó su mano y dio un paso atrás.

"Bueno, bueno, lo sé... Por favor, tráela." Jenna puso su mano en su antebrazo.

Bill se acercó a Jenna, la cogió de la mano y se la llevó al piso de arriba. Barbara pasó tratando de no mirar a Grey cuando se dirigía hacía la cocina. John Andrews se detuvo y estrechó la mano de Grey.

"Me alegro de verte, hijo", dijo antes de girarse para subir las escaleras.

Fran abrazó a Grey.

"Sé que estás decepcionada," le comentó Grey.

"No pasa nada, querido. Estoy bien. Quiero que seas feliz. Resuelve esto de la mejor manera que puedas para ti".

Su madre se unió a su padre. Eral se giró y le deseó buenas noches a Grey cuando se iba a la cama. Barbara se quedó sola en la cocina.

Grey se unió a ella, sentándose en la mesa de la cocina.

"¿Café?" preguntó ella, aguantando la cafetera sobre una taza limpia.

Él movió la cabeza.

Bárbara se sentó frente a él. "Lo siento, Grey. Si hubiera cualquier otra manera... "

"No es tu culpa, Barbara. Tenías razón cuando dijiste que Carrie debería haber hablado conmigo. No sé por qué no lo hizo ".

"Buena suerte," dijo ella, acariciando a su hermano en el brazo.

"¿Vienes a la cama?", preguntó Earl, asomando la cabeza en la cocina.

Barbara se levantó y se fue con él.

Grey se puso en pie y miró por la ventana de encima del fregadero en la cocina. Miró la luna brillando sobre las ramas desnudas de los árboles de roble y arce, cubiertos con una fina capa de nieve. Con el reflejo de la luna pudo ver la nieve que caía. Una Acción de Gracias nevada, su favorita. No la estaba compartiendo con Carrie. La echaba de menos en esa casa. Todo el mundo se había ido a la cama con alguien y él quería que Carrie estuviera allí, tenerla en sus brazos, en su cama. La decepción brotó por su pecho.

"Esto no ha terminado", se dijo para sí mismo en voz alta, antes de subir a la cama.

161

Capítulo Quince

Incapaz de dormir, Carrie se levantó temprano el día de Acción de Gracias. A pesar de que los amigos traían platos ya preparados, todavía quedaba mucho por hacer. Preparó una gran jarra de café, hizo una lista y luego se sentó frente a su ordenador, quería trabajar en algunas ediciones y otras tareas antes de comenzar con la preparación de la comida.

Una hora más tarde Delia vagaba todavía en bata, bostezando.

"Veo que tienes las cosas bajo control", dijo, mientras se servía una taza de café.

Al lado de una taza a medio tomar de café había una tabla de cortar y Carrie que estaba ocupada terminando de preparar los ingredientes para el relleno, cortaba champiñones y apio.

"Hay mucho que hacer. Tengo que organizarme".

"Estoy tan contenta de que sepas cocinar porque, francamente, está por encima de mis posibilidades, Carrie. Nunca tuve interés en aprender. Este será el mejor día de Acción de Gracias que jamás hayamos celebrado, ahora que estás aquí."

A pesar de que sólo eran las ocho en punto, el teléfono sonó. Delia saltó.

"¿Quién diablos puede ser a esta hora?"

Contestó el teléfono aclarándose la garganta. Después de intercambiar saludos, llevó el teléfono a la sala de estar y se sentó en el sofá.

"Grey, qué agradable oírte," ronroneó.

La cabeza de Carrie se disparó y su mirada pasó por encima de la barra a través de la cocina, hasta el salón hasta encontrar a Delia. Su tía le sonrió también.

"Está aquí, preparando nuestra comida. Está todo listo en la cocina. No vamos a ser muchos. Sólo unos pocos amigos y mi pareja, Tony. Ah, sí, y el hijo de Tony, Mario. Mario tiene treinta años, está soltero y me han dicho que es un latin lover."

Delia se detuvo, escuchando.

"Si ella termina pronto, le diré que te llame. Que tengas unas maravillosas vacaciones. Si, tu también."

Delia colgó el teléfono.

"¿Por qué le comentaste sobre Mario?", preguntó Carrie incapaz de mantener la cólera de su voz.

"Debe saber quién es su competencia", dijo Delia, sonriendo.

* * * *

Grey colgó el teléfono, haciendo que su padre se diera la vuelta. John Andrews estaba al cargo de una gran sartén de tocino en la cocina mientras revolvía una docena de huevos. Otros miembros de la familia Andrews se estaban vistiendo y dividiendo las tareas domésticas.

John miró a Grey con una expresión burlona.

"Nada, papá.", dijo Grey en un tono cortante.

"No me sonó "a nada" a mí."

"El novio de Delia tiene un hijo de treinta años de edad... un latin lover. Irá a cenar con ellos hoy".

"No estarás preocupado por Carrie y ese chico, ¿verdad?"

Grey miró a su padre severamente.

* * * *

"¿Ella es tan voluble que un hombre que acaba de conocer le puede barrer los pies?. ¡Tonterías!"

"Ese tipo de cosas suceden siempre", dijo Grey, hundiéndose en una silla de la cocina.

John apagó el fuego de la sartén de tocino y se giró hacia su hijo.

"Si eso es lo que te preocupa, ¿qué estás haciendo aquí?"

Grey miró a su padre.

"Hijo, ¿es tu mujer?". John le dio la espalda a la cocina para ponerse delante de su hijo.

Grey asintió.

"Entonces ve a por ella y dejar de molestarnos a todos. Aquí, tenemos que preparar una comida de Acción de Gracias. Tengo que cocinar tocino. Sal de aquí", dijo, volviéndo hacia la cocina, incapaz de ocultar una sonrisa para su hijo y poniendo el tocino de vuelta en el fuego.

Grey bajó la cabeza y sonrió. Se puso de pie, tomó las llaves de su bolsillo y se dirigió hacia la puerta, parando en la cocina.

"Creo que necesito un poco de aire. Gracias, papá ", dijo, mientras le daba una palmada a su padre en el hombro.

John simplemente sonrió a su hijo y volvió a ocuparse de su tocino.

Lo último que oyó Grey cuando estaba cerrando la puerta tras él fue la voz de su padre gritando.

"¿Quién es el primero para desayunar?"

* * * *

Carrie cogió su lista con una mano y tomó su segunda taza de café con la otra. El pavo estaba en el horno. La mesa estaba puesta. La ensalada ya se había mezclado, sólo faltaba añadir el aliño. Los dos pasteles estaban listos. Lo que faltaba lo traían los otros.

Carrie abrió su ordenador para volver a sus ediciones mientras Delia se duchaba. Se sentó en la mesa del comedor y miró por la ventana. Debido a la amplia corriente de la parte trasera se había formado una fina capa de hielo en algunos puntos. Estaba nevando ligeramente, lo suficiente como para que la nieve quedara aferrada en las ramas de los árboles de hoja perenne y parecieran los árboles de una tarjeta navideña de Curries & Ives. La vista era hermosa, la que había disfrutado durante muchos años cuando su familia se juntaba con Delia y Jack en esta pequeña y acogedora casa del bosque para celebrar Acción de Gracias en familia.

Se preguntó qué estaría haciendo Grey, qué estaría haciendo su familia. Se sentía culpable por la cancelación de última hora. ¿Pensarían que era una maleducada? Seguramente Barbara lo explicaría todo. Sin embargo, ella hubiera querido ir, conocer a su familia, ver la casa que con tanta frecuencia Grey describiaGrey describía de forma entusiasta. Probablemente todos se estaban divirtiendo, burlándose entre ellos, haciendo tareas y jugando como cualquier gran familia hace durante estas vacaciones. Carrie sintió una punzada en el pecho. *Qué maravilloso es pertenecer a una gran familia de personas amorosas.* Ella suspiró y se estiró, incapaz de concentrarse en lo que estaba escribiendo. *Me tomaré el día libre.* Cerró su ordenador y se puso unos pantalones de lana y una chaqueta.

"Voy a dar un paseo, Delia", gritó en dirección al cuarto de baño.

Carrie cogió un puñado de semillas para aves del saco de la puerta trasera, salió y cerró la puerta tras ella.

Carrie se dirigió al bosque en busca de aves. La mayoría había volado hacia el sur, pero siempre había un par de gorriones y carboneros en busca de comida. Arrojó algunas semillas para ellos en el suelo y siguió caminando, sus ojos buscaban un gran tronco para sentarse. Encontró uno perpendicular en el suelo que había caído después de alguna tormenta o algo similar y se sentó, esperando a que las aves vinieran a comer.

Algunas pasaron por ahí y ella sacó su cámara. Les hizo algunas fotos buenas mientras comían las semillas. Al cabo de unos veinte minutos comenzó a refrescar. Los dedos de sus manos y pies se entumecieron debido a la congelación que amenazaba. Empezó a caminar de regreso a su casa. Cuando miró al cielo, se sorprendió al ver humo saliendo de la chimenea de Delia.

¿Quién ha hecho fuego?. Tal vez Delia había dejado de el suficiente miedo a los fósforos como para aprender a encender, pero Carie lo dudaba. Delia, una mujer tan talentosa en algunas áreas, no tenía mucho de ama de casa. A medida que se acercaba a la casa, Carrie se dio cuenta de que había un coche aparcado en la calzada de Delia. Efectivamente, era un Jaguar XK plateado.

Ella corrió a casa y se detuvo en la puerta de la cocina para sacarse sus zapatos. Oyó risas procedentes del salón y se asomó por el pasillo para ver a Grey tomando café con Delia en la sala de estar delante de una fogata muy probablemente construida por él. Cuando Carrie entró en la habitación, él se puso en pie.

Ella lo miró; llevaba un suéter con cuello en V color canela sobre una camisa blanca, pantalones de pana marrón y una gran sonrisa. El corazón le dio un vuelco. No podía creer lo feliz que era al verlo.

"Tengo algunas llamadas que hacer", dijo Delia y se marchó en silencio por las escaleras hasta su habitación.

"Hola", dijo Grey, de pie inmóvil delante del sofá.

"Hola" le contestó Carrie, con los pies clavados en el suelo.

Quería correr hacia él, pero no sabía cómo se iba a sentir.

"¿Hablaste con Barbara?", preguntó.

167

Él asintió con la cabeza.

"Así que ya lo sabes todo", dijo.

"No todo. No sé cómo te sientes," dijo, moviéndose hacia ella lentamente.

"¿Yo?" Ella retrocedió un paso.

"¿Qué vas a hacer?" continuó él moviéndose hacia ella.

"Yo... yo..."

"¿Tal vez deberíamos hablar de ello?"

"¿Tú has venido hasta aquí para hablar?" Grey cruzó la habitación y se quedó de pie frente a ella. Ella lo miró a los ojos y no podía hablar. No podía creer lo mucho que lo había echado de menos desde el lunes, la última vez que habían estado juntos.

"Sé que esto es una decisión difícil para ti... y no nos conocemos desde hace mucho tiempo. Pero sé lo que siento por ti, Carrie ", dijo Grey.

"¿Seguro?"

"Podríamos vivir juntos. Tengo una casa espaciosa. Espacio para que escribas... Podrías tener tu propio despacho para escribir ".

"¿Vivir juntos?" dijo ella envolviendo sus brazos alrededor de su pecho.

No es lo que quería oír.

"Yo no quiero perderte."

Él se miró las manos, luego dirigió su mirada al suelo antes de que se levantara para descansar en su cara.

"Nunca he estado comprometido. Esto no es fácil para mí." Su pie golpeó en el suelo.

"Yo ya me quemé una vez de mala manera, con lo que el compromiso tampoco es fácil para mí ", respondió ella.

"¿Qué te haría falta para dejarlo?" extendió la mano y la tomó por el codo.

"Tú hablas como si esto fuera un negocio. Como si tuviera que decir mi precio de venta".

"No me refiero a... Yo... esta es mi primera conversación... así".

"¿Nunca has amado?" ella dio un paso atrás separándose de él.

"Nunca he amado a nadie como lo hago contigo."

"¿Quieres que lo dejemos?"

"Estaría mintiendo si dijera que si. Por supuesto que quiero que me elijas. Pero porque me ames. Porque me ames de la misma manera que yo te amo a ti." Un rubor se coló en sus mejillas.

Ahí está. La palabra mágica. Amor.

A medida que se acercaba, ella le sonrió. Puso sus manos en sus brazos y bajó la cabeza hasta que sus labios estuvieron a solo un suspiro de distancia de los de ella.

"Yo te amo, Grey. Más de lo que pensaba".

"Te amo tanto, Carrie. Estos últimos dos días sin ti, he estado... loco... me he sentido un miserable. Te adoro. Te necesito conmigo. Cásate conmigo."

Él sacó una pequeña caja de su bolsillo del pantalón y lo abrió con el pulgar para revelar un impresionante diamante solitario en forma de marqués de cerca de tres quilates.

La mandíbula de Carrie se abrió mientras miraba el anillo, luego a él y a continuación, al anillo de nuevo.

"¿Y bien?", Preguntó, con gotas de sudor que le brotaban de la frente.

"¡Sí, Sí! Si, quiero, " ahogándose de la emoción que cerraba su garganta.

El rostro de Grey se iluminó con una enorme sonrisa. Él tomó el anillo de la caja y lo deslizó en su dedo.

"Es precioso", dijo, extendiendo los dedos de su mano izquierda, mirando el brillo del anillo en el resplandor del fuego.

"También lo eres tú", dijo él, con la boca descendente en los labios de ella para darle un beso apasionado.

Carrie le echó los brazos alrededor del cuello y se acercó más a él. Sus manos se desplazaron por su espalda para apretar su trasero. Cuando se separaron, ella dio un paso atrás, su dedo tocó su labio inferior.

"Te amo tanto... Te he echado de menos."

"¿Por qué no me llamaste?"

"Necesitaba pensar en esto antes de tomar una decisión. Yo no sabía lo que iba a pasar entre nosotros. Si yo renunciaba a mi trabajo y tu desaparecieras yo estaría... acabada".

"Ahora puedes renunciar y no preocuparte. No me marcho a ninguna parte. Adelante. Llama para renunciar. Tírale la bomba hoy," Grey instó.

"No tengo por qué hacerlo."

Él le lanzó una mirada inquisitiva.

"Ya lo hice. Le envié mi dimisión esta mañana por fax ".

"¿Lo hiciste?,¿antes de que supieras con certeza lo que iba a pasar conmigo?. Oh, Carrie... realmente me amas, ¿no?". Él la tomó en sus brazos otra vez.

Ella cerró los ojos y se hundió en su calor.

"Yo no podía dejarte. Pensé que si me dejabas tu, ya lo hubiera solucionado de alguna manera".

"Nunca te dejaré."

"Lo sé, estoy en 'La Lista de Matrimonio', ¿verdad?"

"¿Qué lista?"

Se rieron y se abrazaron de nuevo. Delia apareció en las escaleras. "Así que, vosotros dos os habéis reconciliado, ¿eh?"

"Estamos comprometidos." Grey le sonrió.

"¡Ya era hora!", dijo Delia, pretendiendo limpiar su frente.

"Ahora le puedes decir a Mario, 'mala suerte'."

"¿Mario? Es gay," rió Delia.

La mirada de sorpresa en el rostro de Grey hizo que ambas mujeres se rieran.

"¡Delia, me has mentido!"

"No exactamente, Grey. Él es un latin lover, pero con los hombres, no con las mujeres. Decidí obviar esa parte".

"El pavo está en el horno y lo demás está hecho, ¿verdad?. Si quieres irte, dime qué hacer con el maldito pájaro y continúar. "

"¿Segura?"

"Por supuesto, Cookie. Yo nunca entorpecería el verdadero camino del amor".

Carrie le escribió instrucciones, puso corriendo su ropa en la bolsa y salió corriendo hacia el coche. Ya eran las doce y tenían otras dos horas o más de camino. Carrie se deslizó en el asiento de al lado, se abrochó el cinturón de seguridad y se hundió. No podía dejar de sonreír. Se volvió para mirar la silueta de Grey. Él la miró, con una sonrisa radiante y ella se rió.

La felicidad se apoderó de ella cuando el XK volaba por la autopista. Parecía que la mayoría de la gente había llegado a sus destinos durante el día porque las carreteras estaban vacías.

"¿Se enfadaran tus padres?"

"Mi madre te ha estado esperando desde que yo tenía veinticinco años, cariño."

"Estoy impaciente por conocer a tu familia y ver la fabulosa casa."

"Eso es insignificante en comparación contigo," dijo mirándola por un momento.

"Hablas como un hombre enamorado."

Ella miró por la ventana, sintiendo el rápido latido de su corazón.

"Ahora puedo pasar mi tiempo escribiendo ficción."

"Tengo la habitación perfecta para ti. Está en el segundo piso orientada al sur, tiene sol de mañana. Puedes sentarte allí y escribir todo el día. No más nuevos lanzamientos comerciales, horas de madrugada... excepto conmigo, por supuesto."

"¿Me voy a mudar a tu casa de pueblo?"

"Por supuesto, vas a ser mi esposa. Me encanta tu apartamento, pero es demasiado pequeño para los dos... o tres o más que seremos".

"¿Niños?"

"¿Cuántos?"

"¿Dos?", ella levantó dos dedos y le lanzó una mirada inquisitiva.

"Me parece bien," Él se rió entre dientes.

Carrie no podía creer lo feliz que se sentía... estaba flotando en el aire.

* * * *

El XK se detuvo delante de la imponente casa victoriana de tres pisos a eso de las dos y media de la tarde. Grey se rió a sí mismo reconociendo que se las había arreglado para no cumplir con ninguna de las tareas que le habían sido asignadas.

Cuando salieron del coche, echó un vistazo a la casa y vio a toda la familia apiñada en las dos ventanas de las gigantes salas mirando a escondidas a través de las cortinas. Sonrió al ver su afán. Grey fue a la camioneta y recogió la maleta de Carrie. Cuando se dio la vuelta, ella estaba allí, deslizando su mano en la suya. Él entrelazó los dedos con los de ella. Llevaba el ceño fruncido.

"¿Nerviosa?"

"Un poco."

"No lo estés. Tu no puedes estar tan nerviosa como ellos ", dijo, indicando hacía la casa con un movimiento de cabeza.

Al acercarse a la casa, Grey vio a su madre desaparecer de la ventana la primera, a continuación, cada miembro de la familia se despegó desde el cristal y fueron hacía el camino de la entrada principal para descender y conocer a Carrie cuando ellos entraran.

La puerta se abrió incluso antes de que llegaran a los escalones de la entrada y su madre se puso de pie, con los brazos cruzados sobre su pecho ya que hacía frío, con una gran sonrisa iluminando su rostro. Los ojos de Grey se clavaron en los de ella y le sonrió para que coincidieran con la sonrisa de su madre.

"Ella debe ser Carrie", dijo Fran Andrews, abriendo sus brazos.

Atrajo a Carrie con inmediatez, envolviéndola en un cálido abrazo. Carrie sonrió y cerró los ojos.

"Has acertado, mamá," bromeó Grey.

"Vayamos dentro, pasad, hace frío ahí fuera," el padre de Grey insistió, tirando del brazo de su hijo, para que le tomara la bolsa a Carrie.

"Ya la tengo, papá." Grey agarró la bolsa mientras su padre se dirigía a la casa.

El resto de la familia estaba apiñada junto a la puerta. Jenna se abrió paso entre la multitud para ser la siguiente en abrazar a Carrie. Ella se apartó ligeramente y tomó la mano de Carrie. La mirada de Jenna se posó en el gran anillo de diamantes. Y gritó.

"¿Os habéis comprometido?" dijo Jenna saltando en el aire.

Carrie se quedó al lado de Grey, deslizando su brazo alrededor de su cintura y sonrió.

"Tenía dos opciones: proponérselo o perderla. Ahora ella es mía." Él sonrió, pasando su brazo alrededor de los hombros de Carrie.

Fran Andrews se secó una lágrima de su ojo. "Entra, Carrie. Grey, lleva su bolsa hasta la habitación. La cena no estará lista hasta las cinco. Pero tenemos algo para picar por aquí." Fran llevó a Carrie de la mano guiándola hasta el salón.

"No pienses que no te hemos guardado algunas tareas para ti, Grey," Colin gritó.

"¡Gracias, Colin!," gritó Grey desde detrás de la sala.

Cuando bajó las escaleras y se volvió hacía la sala, se detuvo en el arco. Su corazón saltó ante la escena que veían sus ojos. Carrie estaba en el sofá y el resto de la familia estaba apiñada alrededor. Jenna había pedido sentarse junto a Carrie. Fran estaba en el otro lado. Su padre se sentó junto a Barbara en un sofá de dos plazas. Los cuñados se sentaron en los sillones y Colin se sentó en la otomana, cerca del sofá. Todo el mundo hablaba, disparando preguntas demasiado rápidas a Carrie para que ella pudiera responder. Ella se reía.

Cuando él entró en el salón, se calmaron momentáneamente y le miraron. *Tengo mucho que agradecer este año.*

"De uno en uno, de uno en uno. Déjala que respire ", dijo hundiéndose a su lado en el espacio que Jenna le había cedido y sentándose a horcajadas sobre el brazo del sofá detrás de Grey.

Carrie lo miró y él la atrajo hacía su boca para darle un beso rápido.

"Eh, espera al muérdago, calentorro," Colin elevó la voz.

Capítulo Dieciséis

El veintitrés de noviembre, un día antes de su cuarto Acción de Gracias juntos, era un día frío y lluvioso. Recordando su primer Acción de Gracias juntos. Carrie contempló su anillo de compromiso, colocado cómodamente junto con una alianza de boda a juego desde hacía tres años. Se sentó junto al ventanal que daba al encantador patio trasero de su casa tradicional en Manhattan Avenue. La fría lluvia rociaba las ventanas haciendo que la vista fuera borrosa. Carrie se sentó, vestida con ropa cálida y cómoda, unos pantalones de lana y una camisa, tomando una taza de té caliente y mirando a los pájaros que se paraban cuando venían su alimentador.

Esa noche ella y Grey iban a cocinar juntos para preparar la fiesta del día siguiente. Tenían previsto salir a las siete de la mañana para llegar a tiempo al desayuno de Acción de Gracias de la familia Andrews. Iba a ser una noche corta para ellos.

Grey estaba en una reunión de trabajo, una imprevista oportunidad que había surgido demasiado buena para dejarla pasar. Ella se estiró y dejó la taza, tomando su bolígrafo rojo. Estaba escribiendo su tercera novela de misterio pero se sentía inquieta. ¿Dónde estaba Grey? Lo echaba de menos. Había estado tan ocupado en ese nuevo acuerdo que no habían pasado mucho tiempo juntos la última semana. Carrie se sintió sexy, el deseo hormigueaba en su interior. Necesitaba a Grey. No habían hecho el amor en más de una semana, el periodo más largo en sus tres años de matrimonio y sintió comezón.

Se le ocurrió una idea para atraerlo a casa. Miró su reloj, saltó de su silla, cogió su teléfono móvil y se dirigió a su dormitorio donde se quitó la camisa y el sujetador. Se situó frente al gran espejo del tocador y se hizo varias fotos con tímidas poses. Con el objetivo de la cámara del teléfono, tomó una foto de sus pechos desnudos, tan cerca como pudo. Comprobó su reloj. En ese momento estaba en mitad de su reunión. Sonrió mientras le enviaba la foto a su teléfono con las palabras "te echo de menos, date prisa en venir a casa para pasar un buen rato." Luego se acostó encima de la cama y soltó una risilla.

* * * *

Grey miró su reloj mientras que su compañero le hacía otra pregunta al presidente de la compañía en la que estaban considerando invertir. Eran las cuatro y tenía que volver a casa. Echaba de menos a Carrie. Estaba caliente, inquieto y quería irse, pero el presidente seguía hablando. Su teléfono móvil vibró en su bolsillo.

Se excusó y salió al pasillo para leer el mensaje. Era de Carrie. Tan pronto como vio la imagen y leyó la nota, se echó a reír. La miró varias veces sintiendo que el deseo corría por sus venas antes de cerrar con un clic su teléfono. Su exuberante mujer lo estaba esperando. Era hora de salir de la reunión y volver a casa.

Le respondió su mensaje, "Estoy de camino, no empieces sin mí."

Tomándose un minuto para recobrar la compostura y borrar la sonrisa lujuriosa de su cara antes de regresar a la sala de conferencias, Grey se detuvo en el expendedor de agua y respiró hondo.

"Señores, tengo una llamada urgente de casa, así que debo dejaros", dijo Grey.

"¿Es Carrie? ¿Todo va bien?"

"Nada serio, John, pero es algo que necesita mi atención inmediata."

Grey se esforzó en impedir que se le notara la sonrisa en los labios y lo consiguió hasta llegar a su plaza de aparcamiento, donde se le dibujó una enorme sonrisa. El XK no podía saltar por encima de los coches, así que un lento viaje hasta casa desde el centro de Manhattan le llevó cuarenta y cinco minutos en vez de los veinte habituales. Le enviaba un mensaje a Carrie cada quince minutos pero la frustración del tráfico del día de antes de Acción de Gracias lo puso al límite.

Cuando por fin llegó a casa, Carrie estaba hablando por teléfono con Delia. Pilló el final de la conversación.

"Tengo el último elemento de mi lista, Delia... ¡Vaya!, Grey ha llegado a casa, tengo que dejarte"

Colgó el teléfono y se giró hacia él con una mirada de culpabilidad.

"¿He oído la palabra 'lista'? .¿Tienes una lista? ", preguntó, levantando las cejas mientras tomaba la copa de Cabernet Sauvignon que ella le daba.

Carrie llevaba una de negligé corto en color crema, con una bata de seda a juego por encima.

Se sonrojó y su tono se volvió rosado.

"¿Una lista de bodas?"

"Después de que tú vinieras con tu lista, pensé que era una buena idea. Así que hice una yo también." Carrie plegó una rodilla debajo de ella y se dejó caer en el sofá.

¿Y todo este tiempo no me lo dijiste porque...?
"

"Nunca lo preguntaste."

"Pero una vez que lo supiste...»

"Supongo que tenía que tenerla."

"¿Una lista de bodas?"

"Comenzó así. Después de que nos comprometiéramos, solo faltaba una cosa en la lista. Y hoy, mi último deseo se ha hecho realidad".

"¿Un deseo? ¿Y qué podría ser?". Grey se arrodilló en el sofá, acercándose a ella, el deseo se reflejaba en sus ojos.

Ella lo miró, abriéndose la bata. Sus manos se deslizaron por las mangas hacia abajo a lo largo de los brazos y luego se la quitó. Se inclinó y le mordió el cuello. Cerró los ojos sintiendo que el calor de sus labios bajaba hasta su centro.

"Estoy esperando", le susurró al oído mientras procedía a tirar de la corbata para soltarla y a desabrocharse la camisa.

Carrie le ayudó abriéndole la cremallera de sus pantalones.

"Me lo vas a decir, ¿verdad?"

"Estoy pensando en ello." Una sonrisa diabólica apareció en sus labios.

"Pronto... por favor... antes de llegar... a preocuparnos."

Se volvió hacia atrás y se puso de pie para deslizar sus pantalones y calzoncillos hacia el suelo y luego regresó al sofá. Arrodillado sobre ella, deshizo el lazo que le sostenía la bata para poder masajearle los pechos con las manos.

"Hay algo diferente en ti, pero primero... suéltalo. ¿Qué es la última cosa? ".

Metió su cara en su cuello, a la espera de su respuesta

"El último deseo de mi lista era quedarme embarazada", le susurró al oído.

Grey se quedó congelado en esa posición, luego levantó su cabeza mientras sus ojos buscaban los de ella.

"¿Estás embarazada?" Con los ojos bien abiertos, rompió a reír.

Ella sonrió y asintió con la cabeza "Me he enterado hoy."

"Otro sueño hecho realidad", dijo mientras se tiraba encima de ella

****FIN****

PARA MÁS INFORMACIÓN IR A: http://www.jeanjoachimbooks.com